D1735495

СХИМНИК

Санкт-Петербург
Издательский Дом «Нева»
2004

в поисках скрижалей

Анхель де Куатьэ

СХИМНИК

книга первая

ББК 84(7Мек)
К88

Куатьэ, Анхель де
К88 Схимник — СПб.: Издательский Дом «Нева», 2004. — 192с.
ISBN 5-7654-3285-9

Вы читали «Алхимика» и знаете, что в мире нет ничего случайного.

Вы смотрели «Матрицу» и понимаете, что наш мир — это только один из возможных миров.

Вам не нужно объяснять, что Будда и Христос проповедовали одну истину, и эта истина у каждого из нас внутри.

Но знаете ли вы, что противостоит нам?

Что за каждого из нас идет борьба?

И разве же случайно, что вы держите в руках эту книгу?

«Схимник» Анхеля де Куатьэ — самая завораживающая из всех книг в жанре философского экшена.

«Мы часто отказываемся от предложений судьбы, ожидая чего-то большего в будущем. Но — такая странность — судьба больше не торопится к нам со своими предложениями. И не важно, почему ты отказался — из страха или по прихоти. Она не заходит в твой дом дважды».

ББК 84(7Мек)

ISBN 5-7654-3285-9

ОГЛАВЛЕНИЕ

ОТ ИЗДАТЕЛЯ

К сожалению, я не смог обсудить этот вопрос с автором книги. Просто не знаю, как с ним связаться. Но все-таки я должен рассказать, как ко мне в руки попала эта рукопись.

Был совершенно обычный рабочий день. Я работал с документами, когда вдруг на пороге моего кабинета появился высокий худощавый мужчина лет тридцати-тридцати пяти в элегантном черном сюртуке. Он пришел без предупреждения и какой-либо предварительной договоренности.

Трудно описать его внешность. Смуглый брюнет с вьющимися, спадающими на плечи волосами. Высокий лоб, карие глаза, тонкий нос с горбинкой, большой рот, скулы, ямочка на подбородке. Я никогда прежде его не видел и очень удивился, почему секретарь не предупредила меня о его визите.

Незнакомец быстро подошел ко мне и произнес: «Вы будете издавать эту книгу. Пожалуйста, не медлите. Это очень важно». Слова прозвучали четко, с каким-то незнакомым мне акцентом. Потом он положил передо мной рукопись, улыбнулся кончиками губ, развернулся и вышел столь же неожиданно, как и появился.

Теперь я хочу, чтобы вы меня правильно поняли. Я возглавляю большое издательство, а потому с начинающими авторами, как правило, встречаются мои главные редакторы. Они читают рукописи, а потом передают рецензенту. И если эти два человека решают, что книга стоящая, я просматриваю ее лично. Иначе мне бы пришлось читать по несколько сот рукописей в месяц, что, конечно, физически невозможно.

Понятно, что подобное появление в моем кабинете неизвестного человека, который даже не посчитал нужным представиться, а просто поставил меня в известность о том, что я публикую его книгу — случай из ряда вон выходящий. Я встал с кресла, некоторое время постоял в растерянности у своего стола и вышел в приемную.

Поразительно, но ни два моих секретаря, ни секретарь в общей приемной издательства, ни служба охраны — никто не видел этого человека! У нас отлаженная пропускная система, двери открываются только с помощью магнитных карт. Как он смог миновать все эти кордоны и при этом остаться незамеченным? Абсолютно непонятно.

Вернувшись в кабинет, я машинально открыл рукопись незнакомца. Она была написана от руки, печатными буквами, без единой помарки. Прошло около пяти часов, после которых я очнулся. За окном стемнело, передо мной лежала рукопись, которую я прочел, не отрываясь ни на мгновение, в один присест, всю — от первой страницы до последней. Перевернув лист с эпилогом, я уже знал, что буду это издавать.

Как относиться к этой книге? Она производит на меня двойственное впечатление. Догадываюсь, что досужие критики уже через пару недель будут спорить о ее литературных достоинствах. Но мне, признаться, заранее смешно, когда я об этом думаю. Я бы сказал о ней так: *магия текста* плюс абсолютная, безоговорочная *магия смысла.*

«Схимник» не относится ни к одному из существующих литературных жанров. Он не имеет литературных аналогов. В некотором смысле это вообще не книга — это код доступа. Длинная сплошная мантра, чтение которой вводит в состояние своеобразного интеллектуального транса. Это состояние и есть ключ к принципиально новому, качественно иному, многомерному восприятию реальности. Поясню.

Все мы думали об этом не один раз: «Кто я?», «В чем смысл моей жизни?», «Что стоит за видимой нами реальностью?», «Что там, по ту сторону жизни?» Но я никогда не слышал, чтобы кто-то говорил и думал об этом *так*. То, что открывается благодаря этой книге, действительно потрясает!

Это новый взгляд на действительность. Такова ли она на самом деле? Пусть об этом судит читатель, своего мнения я излагать не буду. В любом случае, с этой книги вполне достаточно и того, что она захватывает и не может оставить равнодушным. Такое встречается нечасто.

Прежде чем вы перейдете к чтению «Схимника», я хочу раскрыть еще одну тайну. Мы уже получили вторую книгу этого автора. Но на сей раз личной встречи с ним не было. Рукопись просто лежала в почтовом ящике издательства. Разумеется, я ее прочел, причем сразу, и нахожусь под еще большим впечатлением. Кажется, что с каждым днем автор узнает все больше и больше, открывает свою тайну, и я слежу за этими открытиями завороженно. Неужели это действительно правда?!

Я очень прошу автора, чтобы он нашел возможность связаться со мной. Понимаю, что у него могут быть свои планы. Допускаю, что он не считает это нужным. Но такова моя личная просьба. Пожалуйста, откликнитесь. Мой e-mail на случай, если Вы, по той или иной причине, избегаете личной встречи — izdatel@pochta.ru.

Вот, собственно, и все, что я считал своим долгом сказать, предваряя «Схимника».

Издатель

ПРЕДИСЛОВИЕ

Я родился в Мексике. Моя мать — навахо, отец — француз. Они начали свой жизненный путь на разных континентах, но их встреча, я знаю, была предначертана Судьбой.

Отца звали Поль, Поль де Куатьэ. Он принадлежал к богатому и родовитому семейству, получил образование в Сорбонне и сбежал. Он хотел не роскошной жизни, а найти себя. Оказавшись в Мексике, Поль создал свой цирк и работал в нем — жонглером, акробатом и фокусником.

В Мексике он заинтересовался древними индейскими культами и так познакомился с моей матерью.

Моя мать — Лихо — была единственной дочерью шамана навахо по имени Хенаро. До восемнадцати лет я воспитывался дедом. Когда я родился, он взял меня на руки и сказал моим родителям: «Вы не должны учить его. Я сделаю это сам. Ему предстоит большое путешествие».

Год за годом Хенаро открывал мне тайны, которые скрыты от взора обычного человека. Он обучил меня контролю над сновидениями. Я участвовал в священных ритуалах, которые совершал мой дед. Когда мне исполнилось восемнадцать, дед на месяц ушел в пустыню. Вернувшись, он сообщил о своем решении — я должен учиться там, где учат «энергии воды».

Во сне я принялся искать «энергию воды» и увидел гидроэлектростанцию Эль Фуэртэ. Когда-то давно ее построили советские инженеры. Я рассказал об этом сне отцу. Он обрадовался и сказал, что я должен ехать в Россию. Это может показаться странным, но он был коммунистом-романтиком. Хотел, чтобы все люди были равны — такими, какими их создал Бог. Он идеализировал Советский Союз и был рад, когда знаки указали мне этот путь — на родину его мечты.

С тяжелым сердцем я уезжал из солнечной Мексики в заснеженную Россию. Я еще не знал, что отправляюсь в страну, которая скоро станет защитницей всего нашего Мира.

Каждые две тысячи лет Земля меняет расположение своей космической оси. В четвертом и третьем тысячелетиях до нашей эры на Земле господствовала эпоха Тельца, эпоха возвышения Египта. Эпоха Овна прошла в походах и войнах — античный мир пережил свой расцвет и упадок. Наша эра началась с прихода на землю Спасителя, так началась эпоха Рыб. Сейчас и она подошла к своему концу.

Мы стоим на пороге эпохи Водолея. Мы входим в зону великого испытания человеческого духа. Водолей — расчетливый и амбициозный прагматик. Как предсказано, он победит эмоциональность и чувственность Рыб. И только Россия способна устранить негативные аспекты этого знака, это ее эпоха.

Эпоха Водолея может стать и Концом Времен, и началом нового, Великого Времени. Все зависит от России. Но об этом я узнал чуть позже, уже в Москве.

Время моего обучения подходило к концу, но я уже не хотел уезжать из России. Здесь будут решаться судьбы мира, здесь будут происходить величайшие перемены, здесь состоится решающий бой между силами Света и Тьмой! Быть здесь, видеть это, участвовать в этом — было моей мечтой. Но я должен был вернуться домой.

Мексика встретила меня слезами матери. Мой отец к этому времени уже умер, а дед превратился в спящую мумию — он не открывал глаз, почти не ел и проводил все свои дни где-то на границе миров. Я понял, что должен быть здесь.

Я стал работать на электростанции. Вечерами, как мог, утешал мать. Оставшееся время проводил с дедом, рассказывал ему о России и о своей мечте. Но он так и не открыл глаз.

Так продолжалось семь лет. Пока однажды не случилось нечто, что поначалу повергло меня в ужас. Мне трудно объяснить россиянам, что значат для мексиканца его сны. Для нас сны — это не просто отдых и не случайные сновидения. Для нас это вторая и самая важная часть жизни.

Реальность, которую мы видим, создана нашим ограниченным сознанием. Это фантом, иллюзия, блеф. И только во сне, когда сознание спит, нам открывается истина. Сон — это царство подсознания. Он приоткрывает завесу над подлинной связью вещей.

Вот почему из поколения в поколение наши шаманы передают священное знание индейцев о контроле над сновидениями. Подсознание человека — это великая и бурлящая сила, здесь легко потеряться. И если ты не хочешь потерять себя в пучине своего подсознания, ты должен уметь контролировать свои сновидения.

Я контролировал свои сновидения с пятилетнего возраста и никогда не думал, что когда-нибудь потеряю эту способность.

И вдруг это произошло. Проснувшись в холодном поту, я понял, что самая важная часть моего мира погибла. Мой сон больше не принадлежал мне, он съел меня, раздавил своими тяжелыми жерновами.

Мне показалось, что я совершил какое-то ужасное преступление, прогневил богов. Я попытался вернуть себе контроль над сновидениями, но тщетно. Вторая ночь была еще хуже первой — я видел сон и не мог понять, что сплю. А это главный признак — ты не контролируешь свои сновидения!

На следующий день я решил проделать все ритуалы, которые завещал мне мой дед. Я принес жертвы богам, разложил в нужном порядке символы моих индейских предков, а потом использовал соки кактуса, чтобы вернуть себе утраченную связь с подсознанием.

Но боги, казалось, отвернулись от меня. Мне снился кошмар.

Я чувствовал себя слабой песчинкой, несущейся в бурном потоке. И ничего, ничего нельзя было изменить.

Наутро я решил идти в пустыню. «Если боги забрали мою душу, — подумал я, — пусть они заберут и мое тело. Без души оно мне не нужно».

Пустыня приняла меня раскаленным песком и обжигающим солнцем. Семь дней и семь ночей я провел в этом Аду. Пил соки кактуса, надеялся, что забытье поглотит меня целиком.

Я хотел только одного — умереть, не заметив этого.

Миновали седьмые сутки, когда над линией горизонта опустилось небо. Никогда раньше я не видел грозы в этой пустыне.

«Это идет моя смерть, моя искусительница», — решил я.

Но ошибся — это были именно грозовые тучи. С неба полились реки воды. Казалось, боги решили утопить землю. На моих глазах пустыня превращалась в бескрайнее море.

«Энергия воды!» — прозвучал в моей голове голос Хенаро.

Обессиленный голодом и жарой, я бросился домой.

За время моего отсутствия произошло невозможное. Хенаро в добром здравии стоял на пороге, счастливая Лихо обнимала его. Сердце мое исполнилось радостью, но счастье было недолгим.

— Уходи, откуда пришел! Уходи, откуда пришел! — закричал Хенаро, едва увидев меня.

Что это?! Не может быть! Я должен вернуться в пустыню и погибнуть там?! Этого хочет Хенаро?! Долгие семь лет я ждал его пробуждения, а теперь он посылает меня на верную смерть?!

Но я не могу его ослушаться. О чем же предупредила меня пустыня?! Не зная, что делать, я развернулся и пошел обратно — в пустыню.

— Энергия воды! — закричал Хенаро мне вслед.

Мысли пронеслись во мне, словно скоростной поезд. Все знамения сложились вдруг воедино: энергия воды и море вместо пустыни — это же знак эпохи Водолея! Дед молчал с момента моего возвращения, а теперь говорит: «Уходи, откуда пришел!» Не случайно я потерял контроль над сновидениями! Это Знак! Я должен вернуться в Россию!

Семь лет моего заточения в Мексике, семь дней моих мучений в раскаленной солнцем пустыне — все это кончилось, меня ждет Россия. Страна снега и льда. Вода еще сомкнута холодом, но скоро все переменится! Будет последнее сражение, Свет победит Тьму, снег превратится в воду. Так откроется океан Духа!

Уже следующим утром я сидел в аэропорту. Мать провожала меня:

— Ты должен сделать то, что ты должен сделать. Духи сказали мне — ты едешь на службу. Сон был сегодня.

— На службу?

— Да, на службу, — она подтвердила свои слова.

— Как же ты будешь здесь, без меня?

— Если ты не выполнишь своего дела, я никогда не обрету покоя по ту сторону жизни. Мне не будет там места... — она говорила эти страшные вещи, но весь ее образ оставался спокойным.

— О чем ты говоришь?! — тон ее голоса был таким странным, что я испугался. — Там каждому будет место, ведь смерти нет, есть только переход...

— Помни, ты обещал. От тебя зависит спасение этой гармонии, — ее глаза светились необычным мерцающим светом.

И тут я испугался, испугался по-настоящему. Я вдруг понял, что моя поездка в Россию совсем не случайна. Мне предстоит не просто жить там, а выполнить какую-то миссию. Но какую?!

— Это был страшный сон, мам? — спросил я, чувствуя, как тревожная тень легла мне на грудь.

— Это был самый страшный из всех страшных снов, сын. Звезды покинули Солнце и ушли во мрак ночи. Тьма поглотила их. Тоскливо стало одинокому Солнцу. «Я создам существо, которое не сможет без меня обойтись, — решило Солнце. — Оно не покинет меня до конца времен!»

Этим существом стал Дракон. Солнце очень любило своего Дракона. Грело его кровь и знало — когда Оно умрет, ничто больше не сможет поддерживать в этом существе жизнь. Вот почему Солнце исполнялось к своему Дракону великой нежностью.

Дракон тем временем рос, становился все больше. Скоро он смог подниматься до самого неба, до самого Солнца. И случилось то, о чем Солнце не знало и не могло знать: Дракон проглотил Его, и Оно умерло. Дракон был счастлив, он не знал и не мог знать, что обрек себя на верную смерть. Солнце больше не грело его холодную кровь...

Во сне я видела, как Дракон пожирает Солнце, я видела Конец Времен. И ужас объял меня — наступала беспросветная Тьма. Но тогда Солнце сказало мне: «Не бойся, благословенная мать благословенного отрока! Твой сын сослужит Мне великую службу! Он будет служить тому, кому дам Я заветы Моего спасения!»

Потому сегодня я счастлива. Я отправляю своего сына в путь, которым бы гордился любой навахо. А досталось моему сыну...

Сказав это, моя мать замолчала и более, до самого нашего прощания, не проронила ни слова. Только в самом конце она сняла со своей руки тяжелый браслет, с которым никогда прежде не расставалась, закрепила его на моем запястье и произнесла:

— Это не для защиты. Он в помощь.

Мы расстались. Я зашел в зону таможенного контроля и увидел свою мать сквозь стеклянную перегородку.

«Тебе предстоит найти самого себя, я знаю это. Ты будешь сильным, ты станешь источником силы. Нашедший самого себя не может быть одиноким», — прочел я по ее губам.

«Я был в духе в день воскресный и слышал позади себя громкий голос, как бы трубный, который говорил: Я есмь Альфа и Омега, первый и последний!

Я обратился, чтобы увидеть, чей голос, говоривший со мною; и, обратившись, увидел семь золотых светильников.

И, посреди семи светильников, подобно Сыну Человеческому, облеченного в подир и по персям опоясанного золотым поясом;

Голова Его и волосы белы, как белая волна, как снег; и очи Его — как пламень огненный;

И ноги Его подобны халколивану, как раскаленные в печи; и голос Его — как шум вод многих;

Он держал в деснице Своей семь звезд, и из уст Его выходил острый с обеих сторон меч; и лице Его — как солнце, сияющее в силе своей.

И когда я увидел Его, то пал к ногам Его, как мертвый. И Он положил на меня десницу Свою и сказал мне: не бойся; Я есмь первый и последний

И живый; и был мертв, и се, жив во веки веков, аминь; и имею ключи ада и смерти.

Итак, напиши, что ты видел, и что есть, и что будет после сего».

Откровение
святого Иоанна Богослова,
1:10 — 19

ПРОЛОГ

Белый Аэробус с двойной голубой, изогнутой, как волна, линией на борту оттолкнулся от мексиканской земли и взмыл в небо, взяв курс на Россию. Мы взлетели, и я сразу заснул. Предыдущая ночь ушла на сборы, а в пустыне я почти не спал.

В небе боги дали мне сон, которым я вновь смог управлять. Сначала я увидел себя в каком-то темном помещении, напоминавшем элеватор, и понял, что это сон. Далее мне предстояло вернуться в свое астральное тело и снова овладеть им. Я сделал это.

Теперь мой путь лежал к своему физическому телу. Преодолевая силы земного притяжения, я заставил себя взлететь. И уже через несколько мгновений был рядом с Аэробусом. Я увидел себя через стекло иллюминатора и прошел внутрь салона. На моем лице была улыбка. Я улыбнулся в ответ своему спящему телу и соединился с ним.

Потом я расширил свое физическое тело до размеров самолета. Почувствовал, как оно вытянулось, а мои руки стали крыльями. Я ощутил себя большим и сильным, парящим над мировым океаном. Взмах крыла придал мне дополнительной смелости, я стал подниматься все выше и выше, пока наконец не почувствовал жар, исходящий от Солнца.

— Я посылаю тебя в Россию, — сказало мне Солнце.

— Я благодарен тебе за это! — ответил я.

— Слушай же, что Я скажу тебе, сын великой пустыни! Дни Мои сочтены, Тьма наступает, но пока ты в небе, с тобой Вода и Воздух — сила и чистота. Ты будешь сражаться с Огнем и Землей — страстью и нуждой. Исход этой битвы неведом.

Помни же, что обе стороны всегда есть в тебе. И одна сторона не может быть без другой. Потому не ищи врага себе, но ищи во враге друга. Все едино, но не все Свет, но Свет есть во всем.

Мой избранник уже на месте, и он ждет тебя. Ему окажешь ты помощь, если победишь страх и сомнение. Время упущено. И Свет может ошибиться, а люди обладают свободной волей. Как распорядитесь вы ей, так и будет...

Я проспал весь свой путь от Мексики до России. Тревога и надежда боролись в моем сердце. Я держал путь в святую для меня страну. На нее возложена великая миссия. Справится ли она с ней? И чем я смогу ей помочь? В чем моя миссия?

Поле Шереметьевского аэродрома встречало меня свежим утренним ветром. К трапу подали автобус. Потом я прошел паспортный контроль и таможню, получил свой багаж и вышел в холл аэропорта.

«И что теперь? Что мне делать? Куда идти?» — только сейчас я задумался об этом.

В растерянности я принялся смотреть по сторонам. Ко мне подходили какие-то люди, предлагая услуги такси. Я отказывался и продолжал ждать. Время шло, я подумал и решил: «Пойду куда глаза глядят».

Но как раз в это мгновение мой взгляд упал на стройного широкоплечего молодого человека — русого, с голубыми глазами. Он держал в руках лист бумаги со странной и лаконичной надписью: «Свет». Доли секунды я колебался, а потом просто взял и подошел к нему.

— Я — Анхель, — сказал я ему.

— А я — Данила. Пойдем?

И мы пошли.

ЧАСТЬ ПЕРВАЯ

Мы сели в разбитое российскими дорогами
маршрутное такси,
на самые дальние сидения у задней двери.
В течение минуты машина наполнилась целиком,
пассажиры расплатились с водителем,
и мы поехали.
Я посмотрел назад. За поворотом исчез
Шереметьевский аэропорт.
И только теперь я осознал — все,
моя Мексика позади, я в России.
Какое-то время Данила молчал.
Его лицо было спокойно,
но я видел, что он о чем-то напряженно думает.
Потом он повернул ко мне голову и сказал:
«Не знаю, с чего начать.
Но начало — это не главное. Просто слушай».

Я приехал в Москву неделю назад и снял небольшую квартиру на окраине города. Мне нужно было встретиться с тобой и все тебе рассказать. Но лучше все по порядку. Так, наверное, будет понятнее.

Меня зовут Данила. Мы с тобой никогда прежде не были знакомы. Но я знал, что сегодня ты приедешь в Россию. А ты, я думаю, понимал, что твоя поездка не случайна. Ты не ослушался посланных тебе знаков, а вот я сначала им не верил. И это стало причиной большого несчастья.

Когда я родился, прабабушка Полина увидела вокруг моего тела свечение. Ее пытались разубедить, но она настаивала, поэтому врачи сказали, что она просто сошла с ума. Старый человек прожил большую и нелегкую жизнь. Она родилась в Сибири, в далекой деревне, так и не обучилась грамоте, пережила революцию, две мировых войны и знаменитые коммунистические стройки. Сойти на старости лет с ума — почему нет? Это казалось логичным исходом.

Бабушка Полина говорила, что я стану великим человеком, но мне предстоят тяжелые испытания. Она постоянно рассказывала о каких-то ужасающих битвах, отблески которых она видела внутри своей головы. Всю свою старость она провела, скитаясь по психиатрическим больницам. Раньше с такими людьми в нашей стране не церемонились.

Я рос «плохим ребенком». Учеба мне не давалась, слушаться родителей я не хотел. Мне было странно все, что они делают, и смешно все, что они говорят. Уже с трех лет я стал думать о смерти, о том, что будет, когда меня не станет. Что я тогда буду делать?! — эта мысль повергала меня в ужас.

Игры сверстников никогда не доставляли мне удовольствия. «Почему они не думают о смерти?» — спрашивал я себя. Это казалось мне странным, нелепым, абсурдным. Постоянные конфликты с детьми и взрослыми заканчивались для меня отцовской поркой, «чтобы я вырос нормальным человеком». Я сжимал зубы и терпел.

Мать хотела верить словам бабушки. Но на самом деле она просто успокаивала себя. Отец не хотел и слышать об этом. И как только мне исполнилось шестнадцать, я сбежал из дома. Работал где придется, жил у друзей, пока, наконец, меня не забрали в армию. Я попал в Чечню, из мирной жизни — прямо в войну.

Там я столкнулся со смертью нос к носу. Помню, как через полгода военной подготовки наше подразделение собрали по тревоге. Ничего не объяснили, просто погрузили в вагоны и привезли в Чечню.

В войну трудно поверить. Прошла неделя, другая. Ты как на учениях или во сне, все не взаправду.

Мой взвод менял место своей дислокации. Я сидел на броне БТР и оглядывал хмурый горный пейзаж. Вдруг — взрыв, автоматные очереди, всполохи огня и крики раненых.

Тогда из двадцати восьми человек выжили только трое.

Я лежал лицом вниз в холодной октябрьской земляной жиже. «Нет, это не сон, — понял я. — Это самая настоящая война».

Я уже больше не боялся смерти, только плена. Но обошлось. Нас прикрыли с воздуха, и чехи скрылись.

Как сейчас помню — равнина между холмами, воронки от взрывов и мои друзья. Их тела распластаны по земле, головы вскинуты, а испуганные, широко раскрытые глаза устремлены к небу.

Пережив войну без единой царапины, я подумал, что бабушка была права. Нужно что-то делать.

Я решил учиться, но так и не выбрал профессию. Год провел в одном питерском институте, второй — в другом. Мне казалось, что я знаю больше своих учителей. Да и вообще, какой смысл учиться, если мы все равно умрем?

Постепенно во мне рождалась ненависть к этому миру. И тогда я познакомился с нашими антиглобалистами. Они говорили, в целом, правильные вещи. Мы живем в век потребления, все только о том и думают, как бы нажить денег. Никто не думает о тех, кому действительно плохо, никто никому не нужен. У людей не осталось ничего святого. Всем правят деньги финансовых магнатов с большими животами.

Мы пили водку, курили марихуану и вели долгие беседы о том, как неправ этот мир и как плохи в нем люди. Со стороны эти наши дискуссии выглядят смешными и глупыми. Ну подумать: сидят молодые люди — пьяные или под кайфом — и рассуждают о том, как все неправильно. Но ведь неправильно же...

Я совсем опустился, дальше некуда. Но сам этого не заметил. В один прекрасный день моя девушка — Таня — ушла от меня. Она, наверное, любила меня. Долго пыталась наставить на правильный путь. Угрожала, что уйдет. И наконец ушла. Тут я понял: что-то в моей жизни совсем не так.

И решил — покончу с собой, да делу конец! Зачем жить-то?! Если все неправильно, то и жить неправильно. Взял веревку, завязал, приладил ее к балке, что под самым потолком в моей комнате. Подставил обшарпанный табурет, надел себе на голову петлю. Стою, смотрю в грязное окно. И вдруг зачем-то ощупал карманы. Машинально, словно хотел вынуть лишние вещи.

В заднем кармане брюк лежала бумажка. Это Таня записала меня на консультацию к астрологу. Хотела, чтобы я сходил к нему и все для себя выяснил. Я, понятное дело, ни в каких астрологов никогда не верил. Поэтому просто взял у Тани талончик, чтобы не обижать, сунул себе в карман и забыл. А тут смотрю — сегодняшнее число! Всего через пару часов назначена консультация.

Ну, думаю, коли уж так дело повернулось, надо сходить. Хоть посмеюсь напоследок. Освободил голову от веревки, оделся, побрился, почистил зубы и выдвинулся по указанному в талончике адресу. Долго плутал, искал, думал уже бросить эту затею, вернуться домой да и повеситься, наконец. Но потом все-таки нашел офис в мрачном дворе-колодце на Лиговском.

Захожу. Мне говорят: «Подождите, пожалуйста. Ваш астролог еще занята». Думаю, ну — дудки! Пошли вы все куда подальше! И только хотел уже убраться ко всем чертям, как вдруг загорелась лампочка на пульте администратора.

— У вас тут прямо как в поликлинике! — говорю.

— А мы и есть — поликлиника, только астрологическая, — отвечает регистратор. — Освободился ваш астролог. Куда вы пошли?

— Ну ладно. Освободился так освободился. Берите меня, пока тепленький.

В дверном проеме показалась миловидная женщина лет сорока-сорока пяти, в очках:

— Кто ко мне на 16 часов? Вы? Пойдемте. Извините, что заставила вас ждать.

— Да ладно, — бурчу в ответ. — Я и сам опоздал...

— Не хотели приходить? Не верите? — затараторила она, пока мы шли по направлению к ее кабинету. — Это у всех так, когда в первый раз...

— А второго и не будет.

— Меня Лариса зовут, — она напряженно уставилась на меня поверх толстых стекол своих очков.

Мне стало неприятно:

— Что вы на меня так смотрите? Да, не верю я. И второй раз не приду. О чем вы мне сейчас расскажете? Что я проживу сто лет? Так я не проживу! Не хочу потому что.

— Глупости делать человеку никто запретить не может.

Она и глазом не повела! Я даже смутился.

— Хорошо, называйте мне дату и место своего рождения. А если знаете, то и время рождения хорошо бы сказать, — скомандовала Лариса, когда мы расположились в ее кабинете.

Я все назвал (точное время моего рождения бабушка Полина, пока была жива, повторяла чуть ли не каждый день). Астролог записала мои данные на бумажке и стала вводить их в компьютер. Ее пальцы застучали по клавишам, на экране высветилась какая-то схема из кругов, значков, точек и линий. Лариса уставилась в экран. Повисла неприятная пауза. Мне вдруг показалось, что меня раздели и выставили на обозрение публике.

— Ну что? — спросил я, пытаясь скрыть свое смущение.

— Подождите, — отозвалась она. — Сейчас я пересчитаю...

Она заново набрала мои данные, внимательно глядя на бумажку. Компьютер выдал те же самые результаты. Не поднимая на меня глаз, она попросила перепроверить — правильно ли она записала данные моего рождения. Все было правильно. Она снова перебрала цифры на клавиатуре, и третий раз дисплей высветил всю ту же самую схему.

— Вы ведь не дурачите меня, правда? — спросила Лариса сдавленным голосом.

— А какой мне резон вас дурачить? — удивился я.

— Ну, мало ли... — ее взгляд снова утонул в экране.

— Что, не сходится? Нет такого места и времени рождения? — мне почему-то захотелось поиздеваться над ее растерянностью. — Не знаете, что и сказать? Сто лет...

— Вы, пожалуйста, послушайте внимательно, что я вам сейчас скажу, — Лариса решительно прервала мой сарказм. — Если вы не ошибаетесь... Короче, если... В общем...

— Говорите уже! — мои нервы были на пределе, я уже не мог держать себя в руках, все тело била мелкая дрожь.

— Я ничего не могу вам сказать! — закричала она в ответ.

— В каком смысле? — я опешил.

— У вас тут... Я не могу... Этого не может быть... Я должна показать вас одной женщине.

— Ну уж нет, извините меня покорно! Никому я больше показываться не буду! Я и к вам-то не хотел идти! Все, до свидания! — мне вдруг захотелось встать и бежать со всех ног.

Наверное, я боялся, что она увидела мою смерть. Нет, я ужаснулся от того, что она ее увидела. Я встал со своего места и двинулся к двери. Но не тут-то было! Она тоже подскочила, кинулась за мной следом, вцепилась в рукав и стала бормотать что-то невнятное:

— Вы не понимаете! Вы просто не понимаете! Вы не можете этого понять! Вы не должны уходить! У вас всего одни сутки! Понимаете вы, одни сутки! У нас у всех одни сутки!

— Сумасшедшая!

Я вырвался из ее рук и стремглав бросился к двери. Сбил по пути охранника и слетел по лестнице, словно по американской горке. Когда я оказался на улице, Лариса уже открыла окно, выходившее во внутренний двор, и кричала, буквально навзрыд:

— Пожалуйста, сделайте то, что вам скажут! Пожалуйста! Это очень важно! Сделайте все, о чем бы вас ни попросили! Пожалуйста!!!

Оказавшись на Лиговском, я перевел дыхание. В моей голове творилось что-то невообразимое. Все мои детские страхи, связанные со смертью, казалось, ожили теперь с невиданной силой. Ноги подкашивались, дыхание перехватило, возникло ощущение, что сердце вот-вот выпрыгнет из груди, а голова лопнет, как переспелый арбуз.

У ближайшего ларька я купил себе бутылку пива и выпил тут же, залпом, до дна. Еще через пару-тройку метров я понял, что дальше идти не могу. Сел на корточки, облокотился о стену какого-то здания и тихо застонал. В глазах темнело, голова кружилась, к горлу подступила невыносимая тошнота.

«Только не закрывай глаза... Только не закрывай глаза...» — я бессмысленно повторял эти слова, словно какое-то магическое заклинание. Я прикладывал неимоверные усилия, чтобы поднять отяжелевшие, опустившиеся на глаза веки.

Вдруг сквозь небольшую щелочку собственных век я увидел двух буддийских монахов в ярко-оранжевых одеждах. Свет, исходивший от этих одежд, ослепил меня. Монахи просто проходили мимо. Я не успел разглядеть их лиц, только побритые наголо, смуглые головы.

Прямо передо мной что-то звякнуло. Всего в двух шагах лежали старые потертые четки. Я попытался их поднять, дотянулся. Но словно бы какая-то сила держала меня у стены. Я попробовал еще раз и упал, распластавшись поперек тротуара.

Руки нащупали четки. И в то же самое мгновение перед моими глазами проскользнула чья-то рука. Кто-то пытался поднять эти четки вперед меня. Он даже наклонился для этого. Но поскольку я был первым, он тут же выпрямился и поспешил прочь.

Сжимая четки в руках, я поднялся сначала на четвереньки, потом сел на носки, держась пальцами за асфальт, наконец, встал и сделал несколько шагов. Яркие одежды монахов виднелись вдали. Собрав последние силы, я поспешил за ними. Хотел отдать эти четки...

Я видел, как монахи свернули за угол у Московского вокзала. Не знаю, сколько мне потребовалось времени, чтобы дойти до этого места. Но все впустую — монахи затерялись в привокзальной толпе, словно растворились в воздухе. Совершенно машинально я сунул четки себе в карман.

Данила рассказывал спокойно, даже буднично.
Но в каждом его слове, в интонации,
тембре и звуке голоса
звучала такая внутренняя боль,
что мне стало не по себе.
Я испытывал священный трепет
перед этим человеком.
Кто он?
Что за странную историю он мне рассказывает?
Мы уже вышли из маршрутки,
и Данила повел меня в кафетерий.
Он заказал нам кофе, продолжая рассказывать...

Я не помню, как добрался до дома. Вошел в свою комнату. Мне было все так же плохо. Не раздеваясь, я рухнул на кровать и уснул. Сколько времени я провел в забытьи — не знаю.

Посреди ночи в коридоре моей коммунальной квартиры началась суета. Из-за двери доносились раздраженные, заспанные голоса соседей, хлопанье входных дверей. И еще чьи-то женские голоса. В мою дверь забарабанили.

— Даня, открывай! К тебе пришли! Совесть у тебя есть?! Четвертый час ночи! — кричала моя соседка.

— Черт, кого еще принесло?! Я никого не жду!

— Открывай, тебе говорят!

С трудом я поднялся с кровати, в потемках дошел до двери, включил большой свет и отпер. На пороге стояла Лариса, а рядом с ней пожилая монашка — вся в черном и с платком на голове.

— Господи, вы?! Чего вам от меня надо? Вы что, с ума сошли?! — я был вне себя от этой бесцеремонности.

Но мои соседи, вышедшие из своих комнат кто в нижнем белье, кто в ночных рубашках, продолжали недовольно галдеть. Мне пришлось впустить непрошенных гостей. Тем только того и надо было. Женщины быстро прошмыгнули в дверной проем и встали посредине моей комнаты. Я решил не обращать на них никакого внимания — постоят, если им так нужно, и уйдут. Пошел, сел на кровать, поставил локти на колени и закрыл лицо руками.

Молчание длилось несколько минут.

— Ну что — он? — спросила Лариса.

— Похож, — задумчиво ответила ее спутница и обратилась ко мне:

— Милок, а симметричные родимые пятна у тебя есть?

Я посмотрел прямо перед собой. Лариса с монашкой выглядели очень колоритно — они стояли на фоне петли, которая так и осталась висеть на своем месте после моего несостоявшегося повешения. Я расхохотался:

— Да, есть. Целых два!

— Раздевайся! — скомандовала монашка.

Я чуть не подавился со смеху:

— Бить будете? — я продолжал покатываться.

— Смотреть будем! — отчеканила старуха.

— Давайте, надо раздеться, — деловито поддержала ее астролог.

— Да какого черта?!

Я рассвирепел от их наглости. Вскочил, и хотел было вытолкать их взашей, но потом сдержался, повернулся к ним спиной и задрал рубашку.

— Все, посмотрели?! Довольно с вас?! А теперь оставьте меня, наконец!

Я снова повернулся к женщинам и застал благоговейный ужас на их лицах. У меня на спине действительно есть два симметричных родимых пятна — рядом с позвоночником, на уровне лопаток. В детстве сверстники часто смеялись, заметив у меня эти пятна. Врачи удивлялись, когда видели. Но еще ни разу они не производили столь ошеломляющего эффекта.

— Что вас так перекосило? Обычные родимые пятна, мало ли — симметричные. Велика невидаль...

— Это он! Это точно он! — запричитала старуха, рухнув передо мной на колени.

Я оторопел:

— Встаньте! Встаньте, я вас прошу! Что вы делаете?! Да что это с ней такое?!

— Это он! Точно он! — не унималась монахиня, отбивая у моих ног поклоны и истово крестясь.

— Послушайте, Даниил, — начала Лариса.

— Я не Даниил, я — Данила!

— Послушайте, Данила... Я не могла вам этого сказать сегодня днем, потому что я не была уверена. Понимаете, вас уже очень давно ищут.

— Меня?!

— Да, вас. Больше сомнений нет никаких. Это игуменья из монастыря Святого Иоанна Кронштадтского. В начале XX века святой Иоанн пророчествовал о великих бедствиях и о скором конце времен. Поначалу думали, что он говорил о гонениях на православную церковь, о советском режиме.

Семь лет назад от его мощей стали исходить световые образы. Их видели многие монахини. Их даже фотопленка фиксирует! Старцы пытались их толковать, но сошлись в одном — должен появиться православный человек, на котором будет лежать печать...

— Нет, это бред какой-то! — я просто физически не мог ее слушать, у меня начала кружиться голова.

— Подождите, я вас очень хорошо понимаю. Я сама к этому отношусь скептически. На мой взгляд — Бога нет, но есть Единый Космический Разум. Но и с этой точки зрения... Вот вы подумайте: наступила эпоха Водолея, предсказанные геополитические перемены происходят, сбывается еще масса других пророчеств. Даже падение Ирака!

Оно ведь еще в Апокалипсисе Иоанна Богослова предсказано! Так вот, Россия сейчас должна взять на себя миссию...

— Слушайте, причем тут война в Ираке? Там тысячу лет воевали, воюют и воевать будут! И какая, к черту, миссия у России? Вы что, за идиота меня принимаете? Видел я эту миссию... У меня даже орден есть — «защитнику отечества»!

— Нет, но...

— Никаких «но»! Вы что, меня в какую-то секту вербуете? Не надо этого делать! Спасибо!

— Ну что за дурак такой! — заверещала Лариса, до того говорившая со мной в весьма уважительном тоне. — У вас же все в астрологическом паспорте записано!

— Что у меня там «записано»?! — я думал, что с ума сойду.

— У вас записано, что вы...

— Мессия! — крикнул я и театрально вскинул вверх руки.

— Нет, не Мессия...

— А если не Мессия, так и оставьте меня в покое! Четыре часа ночи! — я взял Ларису под руку и хотел вывести ее за дверь.

— В этом-то все и дело! — Лариса уперлась и стояла, как вкопанная.

— В чем «в этом»?!

— В том, что только эти сутки!

— Какие сутки?!

— Сегодня вы или узнаете, кто вы, или все... Пиши — пропало! Я вам точно это говорю! Эпоха Водолея уже была в нашей истории! Знаете, когда?! — Лариса смотрела на меня почти безумными глазами.

— Не знаю, и знать не хочу!

— Во времена Ноя! Все закончилось Потопом, концом света! Потому что люди забыли, зачем они пришли на эту землю. Отошли от Бога...

— Вы же не верите в Бога! — закричал я, почувствовав новый прилив раздражения.

— Да какое это имеет значение! Какая разница, как все это называется! Вы же суть должны видеть! Вы — человек или где?!

Это выражение очень напоминало присказку моего армейского командира: «Вы — солдат или где?» Я вспомнил об этом и почему-то сразу успокоился:

— Ладно, говорите. Только коротко и по порядку.

— Как бы вам все это популярно объяснить?.. Сегодня планеты стоят такой фигурой... В общем, открывается, условно говоря, Окно Времени. Законы Космоса на очень ограниченный срок приостанавливают свое действие. Это своеобразный космический Юрьев день. Знаете, это когда крепостных крестьян отпускали.

Сейчас всю линию развития человечества можно изменить, совершить поворот, взять иной курс. Но это может сделать только один человек, который к моменту открытия этого Окна будет находиться на определенном уровне своего духовного развития. Здесь должен быть эффект, как когда ключ к замку подходит. Понимаете?

— Про замок — понимаю.

— Так вот, в вашем гороскопе стоит четкое указание, что именно вы и можете этим Окном воспользоваться. Вы — тот ключ!

— Тьфу! — от новой волны негодования я даже сплюнул. — Это ахинея какая-то! Я не верю ни одному вашему слову! Ни од-но-му! Все это вилами по воде писано! У вас справки из психдиспансера, случайно, при себе не имеется?!

— Я сдаюсь, — громогласно сообщила Лариса, но не сдалась. — Марфа, — обратилась она к игуменье, — он ничего не хочет слышать! Я больше ничего не могу сделать. Знаете что, давите на жалость...

И Марфа — так звали монашку — принялась давить. Старуха сказала, что она никуда не уйдет, что она умрет прямо здесь и прямо сейчас, если я не отправлюсь с ней в ее монастырь. Я хотел прекратить уже все это безумие. Подумал, что в монастыре-то уж от меня точно быстро постараются избавиться. И согласился.

В монастырь Ларису не пустили, а мы с игуменьей долго плутали по коридорам. Потом она завела меня в какую-то келью и оставила одного. У меня было время подумать. Все, о чем мне рассказывали Лариса и Марфа, казалось странным и нелепым. Я сохранял критический настрой и не хотел поддаваться их бессмысленной агитации.

Конечно, приятно думать, что ты спаситель мира, что от твоего поступка зависит будущее всей Вселенной. Но, бог мой, мы же такие крохи на этой планете! Что значат наши поступки для Вечности? Она их и не заметит! Нет, верить этим двум сумасшедшим было бы глупо. Сейчас обещанные старцы придут и все поставят на свои места.

Тут дверь кельи отворилась. Марфа, отвесив глубокий поклон, пропустила внутрь двух старцев. Им было, наверное, лет по восемьдесят на брата, но держались они бодро. Один — высокий, сухощавый, с неподвижным лицом и большой окладистой бородой. Другой — напротив, маленький, округлый, суетливый, с тонкой, но ухоженной бородкой.

Из-за дверей Марфа последний раз внимательно посмотрела на меня и, перекрестившись, исчезла в темноте. Старики расположились в деревянных креслах, и началась долгая пауза. Мы сидели друг против друга, и я ждал, когда же все это, наконец, кончится. Хотелось встать и уйти. Ну не будут же они держать меня силой...

— Надеюсь, вы понимаете, какая на вас лежит ответственность? — спросил меньший из старцев. Судя по всему, в мое «предназначение» он не верил.

— Нет, не понимаю. Я вообще ничего не понимаю, — я пытался сдерживать свое раздражение.

— Это очень плохо, — продолжал мой собеседник.

— Слушайте, вы что, еще будете меня отчитывать?!

— Снимите рубашку, — приказал старик.

— Да не буду я ничего снимать! Я уже все показывал. Это безумие какое-то! При чем тут мои родимые пятна?!

— Мы должны понять, кто вы! — старец вел себя, как следователь на допросе.

— Я — это я. И все на этом! «Кто я?» Да — никто! Я бы тоже хотел знать, за кого вы меня принимаете!

Выражался я путано. Но что было делать?

— Ибо предсказано, — заголосил старик, — что придет Антихрист и будет он творить чудеса и знамения ложные. И будут люди верить лжи его, и не верить истине. И станут они возлюбившими неправду!

До этого момента мне казалось, что это я сумасшедший. Теперь я понял, что это у старцев беда с головой. Надо было идти на примирение и убираться подобру-поздорову.

— Послушайте, святые отцы, — протянул я лилейным голосом, — я и в Бога-то не верую, а уж в Антихриста — и подавно. Не надо подозревать меня в таких амбициях. И чудес я не делаю, и знамений не испускаю. Можно я пойду, а?.. Поверьте, вы просто даром теряете время.

Но мучивший меня старец уже разошелся и не мог остановиться:

— Настал, настал час закатный! Так гласит Откровение Иоанна! Сидит уже блудница Вавилонская на звере багряном! Люди и народы отказались от Господа, променяли Его на товары золотые и серебряные, на камни драгоценные и жемчуга, на порфиры, шелка и багряницы, на изделия из слоновой кости, всякого благородного дерева, меди, железа и мрамора, на вино и елей, муку и пшеницу, на коней и колесницы.

Держит в руках своих Вавилонская блудница сия — чашу, наполненную мерзостями и нечистотою блудодейства ее. Се — души человеческие нынешнего человека! И сказано так же, что придут к ней купцы, что стали вельможами земли, и будет она любодействовать с ними и с царями земными! Так и вершится сейчас!

— Боже правый! — я вдруг стал понимать, о чем толкует этот старец.

Цитируя Откровение Иоанна Богослова, он рассказывает о «цивилизации потребления»! Фантастика!

— Да вы антиглобалисты! — воскликнул я.

— Настал, настал час закатный! Ангелы небесные заготовили уже чаши свои и сейчас прольют их на головы нечестивцев! И поглотит огонь чрево земли!

— С ума сойти! — я был в восторге (никогда не думал, что глобализация расписана в Библии!) — И что, вы полагаете, я должен это остановить?!

Тут мне представились мои прежние друзья-алкоголики. Они с тем же рвением, как и эти попы сейчас, обдолбавшись марихуаной, ратовали за свержение глобалистического строя. Меня пронял смех, я гоготал, как ненормальный:

— Да вы рехнулись! Вы сумасшедшие! Это безумие! Господи, куда я попал! Нет, это надо же! А я еще когда-то к этим людям серьезно относился! Дурдом! Я должен остановить глобализацию! Святые отцы, и вы туда же! — я встал, подошел к старцам, посмотрел им в глаза и, не переставая смеяться, вышел из кельи.

Старец последовал за мной. Он кричал мне вслед, и его голос резонировал в гулком коридоре: «Из дыма вышла саранча на землю, и дана ей была власть, какую имеют скорпионы земные. И сказано было ей, чтобы не делала она вреда траве земной, и никакой зелени, и никакому дереву, а только одним людям, которые не имеют печати Божией на челах своих. И дано ей не убивать их, а только мучить. Будут люди в те дни искать смерти, но не найдут ее; пожелают умереть, но смерть убежит от них».

Через минуту-другую я выбрался, наконец, из монастыря, глубоко вздохнул и улыбнулся. Утреннее солнце слепило глаза, от реки, на которой стоит монастырь, тянуло приятной свежестью. Нет, помирать мне положительно расхотелось.

Я двинулся вдоль забора, окружавшего монастырь, и только свернул за угол, как столкнулся лицом к лицу со вторым из двух старцев. Этот — высокий — за все время нашей беседы не проронил ни слова. Он лишь смотрел на меня своими пронзительными черными глазами. В отличие от моего экзальтированного собеседника он казался куда более здравым.

«Как он успел здесь оказаться? Из монастыря же, кажется, только один выход?»

Не медля ни секунды, старец заговорил со мной.

В каждом слове его лучилась такая доброта и забота, что сердце мое мгновенно оттаяло.

— Данила, послушайте меня, не берите в голову этот разговор. Если можете — просто забудьте его и простите Серафима. На самом деле все сказанное им не имеет никакого значения. Мы ведь и не знаем толком, что вам сказать. Мы так же слепы сейчас, как и вы.

Но уже сегодня вы будете знать больше всех нас.

И это вы будете говорить нам, а не мы. Прошу же вас об одном только. Неважно, верите вы в это или нет. Никто из нас не принадлежит самому себе, все мы в руках Господа нашего. Как Он решит, так и будет.

Вы же... — тут голос старца задрожал, а на глазах появились капельки слез. — Вы совсем не принадлежите себе. Об одном прошу, сделайте то, что скажут вам. Не знаю, кто скажет, и что скажет. Но поверьте, сегодня вы должны послушать его. Не за себя прошу и не о вашей душе пекусь, но о Господе нашем. Пожалейте Господа...

Меня прямо оторопь проняла от этих слов. Когда же старец вдруг упал передо мной на колени, я и вовсе хотел провалиться сквозь землю.

— Встаньте! Встаньте, пожалуйста! — взмолился я. — Я все сделаю! Сделаю, честное слово. Знать бы только, кто я...

— Вы — *тот* человек. И вы, я уверен, чувствуете это. Не боритесь же со своим чувством, не омрачайте промысел Божий сомнением. Все предопределено в этом мире, и только в одной точке его сохранена нам свобода воли — человек или станет самим собой, или откажется от себя. Вот это — единственный выбор. И от него все зависит!

Я шел по набережной реки Карповки и пытался взять себя в руки: «Я бы выбрал, если бы мне предложили выбрать! Но мне же никто не предлагает. Значит, они просто ошиблись. Ничего, сейчас эти сутки закончатся, и можно будет вздохнуть спокойно. Они ошиблись, в этом нет никаких сомнений. Какой из меня спаситель мира?! Нет, ошиблись. Точно, ошиблись».

Вдруг в непосредственной близости от меня затормозила машина темно-зеленого цвета — огромная, на больших колесах, с наглухо затонированными стеклами. Я еще никогда не видел таких «танков», находящихся в личном пользовании. Словно по команде из машины высыпали люди восточной наружности в строгих костюмах.

Я автоматически ускорил шаг и, как оказалось, не зря. Они были по мою душу. Действия моих похитителей были отработаны до мелочей. Уже через секунду я оказался внутри салона машины, экипированный по полной форме — с завязанными глазами и пластырем-кляпом поперек рта. Движок взвыл от натуги, и машину буквально сорвало с места. Ух! У меня аж душа в пятки ушла.

Ехали долго. Первую половину пути я мысленно улыбался: «Это надо же, пройти всю Чечню и попасть в заложники в самом центре «культурной столицы»! Фантастика! Господи, да кому я нужен?! Нет, эти уж точно обознались. То, что меня принимают за кого-то другого, уже входит в моду. Забавно, как влетит этим головорезам, когда выяснится, что они взяли не того!»

Вторую половину пути прежняя веселость меня покинула. Я осознал случившееся. Теперь меня уже не впечатляла головомойка, которую устроят этим архаровцам. Теперь меня беспокоила собственная участь. Где гарантия, что они не захотят убрать меня как ненужного свидетеля?! Еще несколько часов назад я решил покончить с собой, но сейчас перспектива оказаться где-нибудь в лесу с перерезанным горлом меня почему-то совсем не вдохновляла.

Асфальт, как мне показалось, сменился грунтовой дорогой, машину, продолжавшую лететь с прежней скоростью, качало из стороны в сторону. Сколько прошло времени, понять было трудно. Наконец — остановка. Меня вывели, поволокли по траве, далее — по вымощенным дорожкам. Мы вошли в дом и проделали достаточно длинный путь по его коридорам. Потом меня усадили в кресло и освободили от повязок.

Я огляделся по сторонам. Обстановка была шикарной. На полу персидский ковер, стены, драпированные шелком, тяжелые гардины на окнах, инкрустированная мебель. В комнате было несколько дверей. Из дальней появился человек — араб лет пятидесяти с суровым выражением лица, в чалме и богатом восточном халате. Жестом он сделал знак, и мои похитители, поклонившись, молча скрылись за дверью.

— Я проделал большой путь, чтобы встретиться с вами, — сказал незнакомец, разливая по пиалам зеленый чай.

— А мне показалось, что это я проделал большой путь перед тем, как встретиться с вами, — ответил ему я, намекнув на свое бесцеремонное похищение.

— Ах, это... — сообразил он. — Простите мою дерзость, но у нас слишком мало времени. Я просил, чтобы с вами обошлись аккуратно. Надеюсь, вы не обиделись. Это не входило в наши планы. Пожалуйста... — он подал мне пиалу.

— Спасибо. Можно поинтересоваться, «мы» — это кто?

— Мы, — он посмотрел мне прямо в глаза, — это суфии.

— Кто?! — я оторопел.

— Суфии. Вы не знаете? — спокойно спросил он.

— Это вахаббиты, что ли?! — я занервничал.

— Ха-ха-ха! — он добродушно рассмеялся. — Суфии — это суфии. И «нет Бога, кроме Аллаха» — это не про нас. «Нет ничего, кроме Бога», — вот наши слова.

Тут я подумал, что, может быть, этот суфий и скажет мне, что я должен услышать:

— Вы хотите мне что-то сообщить?

— Не то, что ты ждешь, — сухо ответил незнакомец.

— Не то, что я жду? А что я, по вашему мнению, жду?

— Сегодня с тобой будут говорить многие, и многие скажут тебе — ты должен сделать то, что предназначено. И только один будет говорить, но не скажет. Он возьмет тебя за руку и поведет в назначенное место.

Мы долго совещались, были разные мнения, но я решил ехать к тебе, чтобы повторить это: ты должен сделать то, что предназначено. Мы не знаем, что предназначено, но мы знаем, что ты должен сделать это.

Я знаю вас, русских; вы не верите знакам, не думаете о той роли, которую вы играете во Вселенной. Но ваша связь с Ней крепка. А потому именно среди вас и есть тот, кто должен сделать то, что предназначено. Ведь важен сам выбор.

Если суфию скажут: «Сделай то, что предназначено!» Он пойдет и сделает. Если сказать тебе, ты спросишь: «Почему я должен делать это?» И время будет упущено, и наступит час, когда я не смогу уже сказать: «Нет ничего, кроме Бога», потому что не будет Бога.

— Но почему я?!

Суфий рассмеялся:

— Я же говорил! Нет, Санаи, я должен был приехать! — он обратился к кому-то, кого с нами явно не было. — Данила, пойми простую вещь: Бог являет Себя лишь в той степени, в какой искатель способен выдержать Его сияние. Ты можешь выдержать. Зачем спрашивать — «Почему?»

— И что мне делать?

— Доказательство существования солнца — само солнце. Если тебе нужны доказательства, не отворачивайся от него, — сказал суфий.

— Спасибо, так стало намного понятнее...

— Не ожесточай свое сердце. Помни — нельзя взять более, чем есть. Но не взять то, что есть, значит потерять право на следующий шанс, следующую попытку.

Я задумался над этими словами. Это действительно похоже на правду. Мы часто отказываемся от предложений судьбы, ожидая чего-то большего в будущем. Но — такая странность — судьба больше не торопится к нам со своими предложениями. И неважно, почему ты отказался — из страха или по прихоти. Она не заходит в твой дом дважды. Впрочем, этот суфий — уже третье предупреждение. Сначала астролог, потом старцы, теперь — суфий.

— Хорошо, — сказал я. — Буду искать.

— Мой духовный учитель Байазид говорил мне: «Тридцать лет я искал Бога. Но когда я узрел Истину, то оказалось, что искателем был Бог, а искомым — я». Доверься тому, что будет сказано. Проблема в твоем сопротивлении. Ты хочешь сделать все сам, взять ситуацию под контроль. Но если даже я — простой смертный — могу взять и лишить тебя контроля над ситуацией, как можешь ты желать контролировать Промысел?

И не успел я подумать над этими его словами, как суфий взял уже с подноса свой колокольчик и звякнул им. Двери распахнулись, и я снова увидел темноту надетой на меня повязки. На сей раз рот мне завязывать не стали. Погрузили в машину и, прежде чем дверь захлопнулась, я снова услышал суфия:

— Данила, этот мир — гора, а наши поступки — выкрики. Эхо от выкриков всегда возвращается к нам.

Щелчок дверного замка, и машина рванула с места.

Данила замолчал.
Было видно, что этот рассказ
дается ему нелегко.
Казалось, что он словно бы
исповедуется передо мной.
Но в чем? Почему? Какой грех на нем?
Зачем он указывает все эти подробности?
Но спросить его об этом я не решался.
Я продолжал слушать, чувствуя,
что скоро мы подойдем к самому главному.

Меня выгрузили на том же месте, где и забрали. Тогда мои похитители не поздоровались, сейчас они не попрощались. Я огляделся по сторонам, река по-прежнему неспешно несла свои воды, а над ней чуть поодаль все также возвышался Иоанновский монастырь. Вечерело.

«И куда мне теперь идти? Что делать?» — я был в растерянности. Все случившееся со мной за эти сутки казалось каким-то дурным сном. Еще вчера я бы не поверил ничему, что произошло со мной за этот день. «Надо пойти домой и хорошенько выспаться», — решил я и пошел в направлении дома.

Я шел, не видя дороги, не чувствуя ног. То мне хотелось что-нибудь сделать, то я, напротив, превращался в тревожное ожидание. Потом я смотрел по сторонам, думая, что сейчас какой-нибудь человек подойдет ко мне и скажет: «Делай то-то и то-то!» В какой-то момент я начал думать, что схожу с ума, что пить надо меньше и вообще, что я верю каким-то полоумным...

Уже дойдя до своего дома и поднявшись в квартиру, я стал ощущать подступающий приступ тяжелой тревоги. Эти приступы часто случались у меня после демобилизации из армии, но последнее время вроде как оставили в покое. Я раздевался, чтобы лечь спать, когда из моего кармана вдруг выпали четки.

«Господи, и вот еще четки! — подумал я, поднял их с пола и пригляделся. — Надо найти монахов и отдать...» Деревянные шарики темного дерева, отполированные руками молящегося. В основании связки находился брелок, вырезанный из камня. По всему было видно, что вещь эта старая или, по крайней мере, долго использовавшаяся. На брелке можно было различить некое подобие колеса.

— Интересно, что оно значит? — я уже начал разговаривать сам с собой и подумал, что это может плохо кончиться.

Я отложил четки, скинул оставшуюся на мне одежду и залез под одеяло. Тревога усилилась. Полчаса я вертелся в постели, потом решил взять четки в руки. Перебирая бусины, я вдруг услышал голос: «Вы не верите знакам». Казалось, это сказал суфий, но его голос звучал на сей раз внутри моей головы. Я озадачился: «Колесо — это знак?»

Голос повторился: «Вы совсем не принадлежите себе. Вы — *тот* человек. Не боритесь же со своим чувством, не омрачайте промысел Божий сомнением. Уже сегодня вы будете знать больше нас всех». На сей раз внутри моей головы говорил старец. «Ничего я не узнаю! Вот сейчас засну и ничего не узнаю!» — мысленно ответил ему я.

«Саранча не делает вреда траве земной, и никакой зелени, и никакому дереву, а только одним людям. И мучение от нее подобно мучению от скорпиона, когда ужалит она человека. В те дни люди будут искать смерти, но не найдут ее; пожелают умереть, но смерть убежит от них», — гулким эхом подземного коридора зазвучал в моей голове голос второго старца.

«Вы не должны уходить! — словно бы вторил ему в моей голове голос астролога. — У вас всего одни сутки! Понимаете вы, одни сутки! У нас у всех одни сутки! Пожалуйста, сделайте то, что вам скажут! Это очень важно! Сделайте все, о чем бы вас ни попросили!»

Я подскочил на постели в холодном поту, словно от внутреннего толчка. На руках у меня лежали четки. Верьте знакам... Я быстро поднялся, оделся и выбежал из квартиры. Секунду раздумывал и решил ехать в буддийский монастырь, что на Выборгской стороне. Где еще могут знать о двух заезжих монахах!

Трижды на пути к храму меня одолевало желание вернуться обратно. Я вышел из метро и понял, что погода не на шутку расстроилась. Зарядил проливной дождь, дул промозглый ветер. Потом я не мог добиться от случайных прохожих совета, куда же мне идти. Некоторые и вовсе утверждали, что нигде поблизости нет буддийского храма.

Третий раз я собрался повернуть назад уже на месте.

Квадратной формы здание стояло в старых прогнивших строительных лесах. Территорию вокруг храма окружал высокий глухой забор. Сквозь прутья чугунных ворот виднелась дорожка, ведущая к главному входу. Ее камни поросли мхом, темнота окружавшего парка настораживала. Никаких признаков жизни. Мне показалось, что попасть внутрь сегодня мне не удастся.

Я достал четки, потеребил их в руках и толкнул калитку. Она поддалась на удивление легко. Что дальше? Оглядываясь, как полночный вор, я вошел во внутренний двор и двинулся к дверям храма. Кроны высоких деревьев надрывно стонали под натиском порывов северного ветра. В небе мелькнула молния и сразу за ней покатились оглушающие раскаты грома. Я побежал.

Дверь в храм была закрыта. Я начал стучать: «Откройте! Откройте!» Внутри послышалось какое-то движение, но мне не отперли. Я начал барабанить по дверям со всей силы: «Откройте мне! Пожалуйста! Мне очень надо войти!» Вдруг лязгнул засов, и дверь чуть-чуть приоткрылась.

— Что вам надо? Кто вы? — спросили меня сквозь образовавшуюся щель.

— Мне очень надо войти! У меня дело! — я силился перекричать шум дождя.

— Мы больше никого не ждем!

— Черт! Зато я жду! — заорал я.

Тут дверь вдруг резко открылась. Передо мной стоял мужчина монголоидной внешности в широком темно-малиновом облачении. Я же, не медля более ни секунды, вытянул вперед принесенные мною четки. В глазах этого буддийского монаха я прочел испуг.

— Проходите! Пожалуйста, проходите! — он буквально втащил меня внутрь храма, умудряясь при этом кланяться.

— Я не знаю, но мне кажется, что это важно. Я их нашел, — я почему-то стал извиняться, настойчиво показывая на четки.

Монах отстранялся от моей находки и продолжал кланяться, сложив перед собой руки:

— Ждите здесь, я сообщу о вас! — сказал он и исчез в правом крыле коридора.

Несмотря на царивший здесь полумрак, я смог оглядеться. Я находился в относительно узком коридоре, который уходил вправо и влево, теряясь в темноте. Чуть впереди меня располагалась большая деревянная дверь, из-за которой доносился бой барабанов и надсадное, горловое пение десятков людей.

Мне стало не по себе: «Куда я попал?! Что у них тут происходит?!» Возникла фантазия, будто бы там, за дверьми идет какое-то ужасное и мистическое жертвоприношение.

Я прождал две-три минуты, вдыхая запах благовоний, и вдруг двери передо мной широко распахнулись. Моим глазам предстала величественная и одновременно пугающая картина.

В алтарной части, где находился единственный источник слабого света, возвышалась гигантская статуя золотого Будды. Справа и слева вдоль колоннад тянулись ряды монахов, они били в барабаны и крутили блестящие цилиндры. В глубине, за колоннами, множество людей в приклоненных позах пели молитвы — прерывистые и тревожные, в ритм барабанов.

Под Буддой в большом кресле сидел совсем пожилой человек — Лама. Он уронил голову на грудь и выглядел очень усталым. Монах, который встретил меня у входа в храм, стоял рядом с ним и что-то шептал на ухо. Потом поклонился и, пятясь назад, подошел ко мне.

— Белый Лотос! — провозгласил он, оказавшись рядом со мной.

Вмиг все смолкло. Старик едва заметным движением руки пригласил меня к алтарю. Я шел в гробовой тишине, пока не оказался в полутора метрах от него. Лама поднял на меня свои черные, как смоль, глаза, и я увидел, что они полны слез. Испуганный, я огляделся. Все кругом плакали — барабанщики, люди с цилиндрами, молящиеся.

— Ты опоздал, — сказал старик.

Эти его слова, тихие и простые, грянули, словно раскаты грома. Я видел в своей жизни отчаяние, но о том, что может быть такая мера отчаяния, какая звучала сейчас в словах этого старика, я и не предполагал. Оторопевший, я хотел провалиться сквозь землю.

Лама приподнялся, опираясь на подлокотники.

К нему подбежала пара монахов. Они взяли его под руки и помогли спуститься. Едва перебирая ногами, Лама двинулся в левую от алтаря дверь. Мне указали следовать за ним. Когда старика ввели в заалтарное помещение, он велел своим помощникам оставить нас одних.

— Пусть продолжают, — сказал он уходящим монахам.

Дверь за ними закрылась. В большой зале вновь зазвучал бой барабанов и надрывное пение молящихся. Лама предложил мне сесть. Некоторое время мы молчали, а потом он начал говорить.

— В этом мире время не поворачивается вспять, — говорил Лама. — Мы не можем отыграть обратно. Полчаса, как Схимник покинул этот город. Из столетия в столетие он и те, кто был до него, охраняют на священном Байкале Скрижали Завета. Схимник был здесь со вчерашнего дня, наша община всегда оказывала схимникам помощь. Он решился оставить скрижали, чтобы найти тебя. Ты один мог защитить их от Мары — Князя Тьмы, но ты опоздал. Теперь Свет оставит этот мир, Тьма наступает.

— О чем вы говорите?! — я не понимал ни единого слова.

— Мы только исполнители. Я не знаю подробностей, ни один схимник не был буддистом. Но принадлежность к религии и вероисповедание не имеют значения. Схимник объяснил бы тебе все иначе, своими словами. Но суть неизменна. Я расскажу тебе то, что знаю, и так, как это понимают буддисты.

Будда учит, что человек приходит в этот мир, чтобы найти свое счастье. Но люди погибают в погоне за мирскими радостями — тонут в пучине майи, а подлинное счастье остается скрытым от них. Но Будде нет дела до человека, пока самому человеку нет до себя дела.

Подлинное счастье — это Белый Лотос, который скрыт в каждом. Человека, который открыл в себе этот цветок, мы называем бодхисаттвой.

Путь бодхисаттвы труден, он — воин Нирваны, схимники говорят — воин Света. А потому он первый враг Мары, великого демона разрушения, которого схимники называют Тьмой.

Однако Будда стремится к гармонии, и эту гармонию создают бодхисаттвы. Они приходят в мир, чтобы помочь людям отличить истинное от ложного. Они учат духовным практикам и тому, как растить в себе Белый Лотос. Они — святые и проповедники, наставники и учителя.

Будда надеялся, что мы справимся. Что многие найдут в себе Белый Лотос, что армия бодхисаттв будет прирастать, а потому окончательная победа над Марой свершится. Но надеждам Будды не суждено было сбыться.

Я не знаю причин, мне открыты лишь следствия. Мара не становился слабее, но напротив, с течением времени он набирал силу. И именно на этот крайний случай Будда оставил бодхисаттвам Скрижали Завета. В них — указания к спасению, высшая Истина.

Вчера схимник привез нам дурную весть. Сбылось пророчество: Мара достиг необходимой силы, чтобы завладеть, наконец, Скрижалями Завета. И только один из живущих ныне бодхисаттв мог остановить Мару... Это ты.

— Не может быть, — у меня темнело в глазах, я не мог поверить в сказанное. — Господи, да какой из меня бодхисаттва? Я простой парень из простой семьи, без образования и единственной школой — школой войны.

Лама только тихо усмехнулся в ответ на мои слова.

— Послушайте, а эти скрижали уже все — пропали? Безвозвратно? Может быть, я могу что-нибудь сделать?

— Этого никто не знает. Схимник сказал мне, что он не может оставлять Скрижали более чем на семь дней. Вот почему у него были только сутки. Теперь он попытается защитить их сам, но это неравный бой.

Даже если Схимнику это и удастся, Мара сделает все, чтобы мы не смогли прочитать их. И все будет продолжаться так, как идет, а силы Мары с течением времени растут. Если же Мара завладеет скрижалями, то конец времен наступит в ближайшем будущем.

Впрочем, все это лишь предположения. Ты готов ехать?

От неожиданности этого вопроса я потерял дар речи.

— Ехать? Куда? — спросил я сдавленным голосом.

— Ты должен найти Схимника, — ответил Лама.

— Но как его искать?!

— Я дам тебе провожатого. Он доставит тебя в Бурятию и передаст Хамбо-Ламе — высшему наставнику. Тот окажет поддержку. Но пойми меня: мы — буддисты, мы не схимники и многого не знаем. Мы помогаем им и сейчас делаем это, осознавая все значение происходящего. Принадлежность к конфессии не имеет значения.

Сказав это, Лама замолчал. Через минуту он продолжил:

— Слышишь это пение? Мы будем молиться о твоей победе до тех пор, пока у нас не иссякнут силы. Но это только молитва, действовать должен ты. Я думаю, что ты опоздал, но это только мысль, а есть еще дело. Пока жива надежда, пока ты есть — я верю, что все еще возможно. Ты едешь?

— У меня есть выбор? — я озадачился, его вопрос снова словно бы ударил меня.

— Выбор есть всегда, — спокойно ответил Лама.

— Я еду.

— Агван! — крикнул Лама.

Откуда-то сверху послышался шелест босых ног. По лестнице, ведущей на второй этаж, сбежал мальчик, одетый в темно-малиновый монашеский балахон.

— Да, Учитель! — сказал мальчик, припав перед Ламой на колени.

— Это твой сопровождающий, — Лама показал мне на мальчика.

— Да он совсем еще ребенок! — я оторопел.

На вид мальчику было лет тринадцать-четырнадцать. Как это дитя может быть моим проводником?!

— Скоро ты узнаешь — то, что видят глаза, не имеет значения, то, что видит сердце — не знает условностей, — произнося это, Лама даже не взглянул на меня. — Агван, — обратился он к мальчику, — ты поедешь с этим человеком. Это за ним приезжал Схимник. Он должен оказаться у Хамбо-Ламы не позднее третьего дня. Во что бы то ни стало. Слышишь меня, Агван? В дороге у вас будет и третий спутник... Вас будет сопровождать Мара.

Я видел, как тень смертельного ужаса скользнула по лицу мальчика:

— Я понял тебя, Учитель, — отчеканил Агван, поборов свое смятение.

— Подойди ко мне, — сказал ему Лама.

Мальчик, словно ветерок, скользнул к своему Учителю. В течение пары минут Лама что-то говорил ему на ухо. Тот слушал и дрожал, его узкие монгольские глаза расширились.

— Все, — закончил свои наставления Лама. — Данила, Мара искушал Будду, теперь он будет искушать тебя. Вот почему я даю тебе самое дорогое, что есть у меня. Агван — лучший мой ученик. Да, он мал, но не ты будешь защищать его, а он тебя. Тебе же надлежит защитить всех нас. Агван, собирайся, Данила будет ждать тебя у ворот.

Лама лично проводил меня до ворот монастыря, там к нам присоединился Агван с маленькой котомкой за плечами. На прощание Лама поцеловал мальчика, поклонился мне, и мы с Агваном отправились в путь.

ЧАСТЬ ВТОРАЯ

Смеркалось. Было видно, что Данила устал.
Все это время он говорил не останавливаясь,
не поднимая на меня глаз,
словно читал какую-то книгу.
Мы вышли на улицу, направились к метро,
спустились вниз по эскалатору
и смешались с толпой.
Тысячи людей сновали вокруг,
и никому не было до нас дела.
Сквозь шум мчащегося поезда я слушал рассказ
о выборе человека, который не знал,
между чем и чем ему выбирать.

— Куда мы едем? — спросил я Агвана, когда мы сели в вагон метро.

— Мы едем в аэропорт, — спокойно ответил ученик Ламы.

— А-а-а, — протянул я.

Странно, что я не стал тогда его спрашивать — почему мы едем в аэропорт, зачем мы едем в аэропорт. Видимо, он произнес это с такой уверенностью, что мой вопрос выглядел бы просто глупо.

Мы добрались до аэропорта, вошли в здание. Агван попросил его подождать и пропал. Я сел в свободное кресло, вытянул ноги, скрестил руки, уронил голову и заснул.

Я проснулся от пристального взгляда. Открыл один глаз и увидел его, Агвана — маленького, щуплого, в смешном монашеском балахоне, протягивающего мне билет.

— Что это? — спросил я.

— Билет до Улан-Удэ. Пойдем, уже объявили регистрацию.

— Что?! — только сейчас я понял, что мы не просто так приехали в аэропорт, не встречать кого-то, не выяснять что-либо, а лететь.

— Восьмая стойка, — уточнил мальчик. — Пойдем.

Не понимая, что я делаю и зачем, я молча повиновался. После регистрации на рейс я занервничал. У меня же ничего с собой нет, кроме надетых на меня брюк, рубашки и паспорта! Куда я еду?! Какого черта?! В кармане тридцать рублей, а я вылетаю в Улан-Удэ, о котором и слышал-то последний раз, наверное, в школе!

Мой здравый смысл взял, наконец, верх:

— Слушай, Агван, я никуда не поеду.

Мальчик посмотрел на меня своими раскосыми глазами, потер бритую голову и ничего не ответил.

— Агван, я, кажется, к тебе обращаюсь!

— Если бы ты никуда не ехал, ты бы сейчас здесь не сидел, — отозвался Агван, невозмутимо перебирая содержимое своего рюкзака.

— Эй, первоклассник с ранцем! Ты что, меня еще учить будешь?! Ты хоть понимаешь, где это — Улан-Удэ? — я намеренно исказил произношение слова «Улан-Удэ», чтобы как можно сильней обидеть своего спутника.

— Конечно, я ведь там родился, — ответил Агван и пристально посмотрел на меня.

— Черт! Так у нас что, вояж по памятным местам?!

— Просто надо ехать, — смягчился Агван. — И чем быстрее мы будем ехать, тем лучше. Ты боишься того, что не должно тебя волновать. Сравни то, что ты делаешь, с тем, что тебя пугает. Разве не смешно? — сказал Агван и улыбнулся.

— А чего смешного? И что я такое делаю, что можно лететь на край света без копья в кармане?! — его философия стала меня раздражать.

— Ты сам знаешь, — ответил Агван и больше не произнес ни слова, несмотря на все мои последующие ремарки и деланные едкие замечания.

Самолет принял нас на борт. Командир поздоровался с пассажирами по селекторной связи, напомнил, что летим мы в Улан-Удэ и что под нами будет десять тысяч метров, а погода в пункте прибытия — отменная. Девушки-стюардессы тут же продемонстрировали технику использования спасательных жилетов и проверили, как мы пристегнули ремни.

Перед самым взлетом у меня снова был приступ паники, смешанной с раздражением и отчаянием.

— Агван, все, я никуда не еду! — сказал я, повернувшись к нему всем корпусом.

— Почему не едете? — послышалось откуда-то сбоку.

В щель между спинками передних сидений на меня смотрели изумрудно-зеленые глаза молодой женщины. Ее шикарные темно-рыжие волосы, вьющиеся золотой стружкой были убраны в изящный пучок на затылке. Она улыбалась:

— Вы боитесь летать на самолетах?

— Нет, он ничего не боится! — вмешался Агван с неожиданной резкостью.

— Ух ты, какой строгий! — она расхохоталась.

— А как вас зовут? — спросил я, желая смягчить очевидную бестактность своего спутника.

— Аглая, — представилась красавица.

— Да! А его — Агван! — воскликнул я и осекся. Может быть, не стоило втягивать мальчика в наш разговор? Мне захотелось быстро переменить тему. — Я — Данила. А куда вы летите, если не секрет?

— Не секрет, — рассмеялась Аглая. — Конечно, не секрет! Я лечу в Улан-Удэ!

— Да, извините. Дурацкий вопрос. — сказал я, ощущая отчаянную неловкость.

— Не бойтесь самолетов. Раньше я их тоже боялась. Все время думала, как такая металлическая махина может висеть в воздухе. А потом подумала — какая разница, как ему это удается? В глубине души все мы хотим летать, а у него получилось. Это ведь замечательно!

— Замечательно, — ответил я.

Тем временем наш самолет разогнался, оторвался от земли и стал набирать высоту. Наш разговор прервался, но мне хотелось его продолжить. Я все искал повод обратиться к Аглае, но никак не мог придумать, что бы такое у нее спросить.

— Аглая, — позвал я девушку.

— Да — она снова показалась в проеме между сидениями.

— Извините, а вы не знаете, сколько времени нам лететь? — ничего больше мне в голову не пришло.

— Знаю — чуть больше шести часов. А вы еще не летали? — поинтересовалась Аглая.

— Я... Да я...

— Слушайте, а садитесь ко мне, у меня тут свободно. Поболтаем. Ваш монашек все равно уснул, — любезно предложила Аглая.

Я, разумеется, сразу же согласился. И как только увидел ее во весь рост, то обомлел. Она была настоящей красавицей — высокая, стройная, с тонкими чертами лица и прекрасной фигурой.

«Вау! Это же надо! Не может быть! Да она же — модель! — мои мысли сбились в кучку и загалдели. — У тебя есть шанс!»

Удивительно, что я сразу ее не заметил. Видимо, слишком был погружен в свои мысли. Теперь я уже не жалел, что согласился на эту поездку.

— Вот и славненько, — защебетала Аглая, освобождая соседнее с ней место от глянцевых женских журналов. — А то уж я боялась, что умру здесь со скуки! Данила, вы извините меня за бестактный вопрос?

— Пожалуйста, спрашивайте!

— А вы ведь очень богатый человек? — спросила она.

Я смутился, не знал, что и ответить. И только после паузы смог выдавить из себя:

— Почему вы так решили?

— Ну... Путешествуете налегке, одеты неприметно. Богатые люди всегда одеваются неприметно. Только бедные пытаются чем-то выделиться.

В какой-то момент мне захотелось соврать, что, мол, да, я богат, очень. И уж так устал от своего богатства, что прямо сил нет. Прячусь за старыми джинсами и штопанной рубахой.

Но врать отчаянно не хотелось.

— Нет, я не богат. Совсем, — сухо ответил я и сделал шаг назад, чтобы вернуться на свое место. Если бы я мог, то провалился бы сейчас сквозь землю!

— Ой, куда же вы! — воскликнула Аглая. — Я вас обидела! Господи, простите меня! Какая же я дура! Я совсем не хотела вас обидеть. Я просто боялась, что вы окажетесь толстосумом, который будет думать, что ему все позволено. Сразу начнет приставать...

— Вы серьезно? — я не верил своим ушам; никак не ожидал такого поворота.

— Ну конечно! Знаете, простые, нормальные парни — они люди. Они настоящие, понимаете? А эти субъекты, разбогатевшие ни на чем, они ужасны! Я так устала от этого... Если бы вы только знали, — и она закрыла лицо руками.

Сердце мое сжалось. Я подумал, как же ей, наверное, тяжело быть такой красивой. Как она устала, что ее воспринимают исключительно как вещь, что в ней не видят человека. Уже через секунду она плакала на моем плече, а я успокаивал ее, как мог.

Пока Агван спал, Аглая поведала мне свою историю. Рассказала о своих детских горестях — она хотела заниматься на фортепьяно, а мать отдала ее в секцию спортивной гимнастики, где за высокий рост Аглаю прозывали «дылдой». С болью она вспоминала о своей работе в модельном бизнесе — девушка пережила там множество унижений. Потом зашла речь о любви. Аглая влюбилась в человека, который относился к ней как к вещи. Еще она рассказала, что стала учиться на психолога и как многое благодаря этому поняла.

Я слушал ее, качал головой и сочувствовал. Аглая продолжала и продолжала рассказывать. Оказалось, что в Улан-Удэ она едет не просто так, а за родителями жениха. В начале девяностых он перебрался в Москву, сделал себе состояние, стал богатым и могущественным человеком. Родители не захотели к нему переезжать, но к свадьбе их нужно было привезти. Вот Аглая и вылетела в Улан-Удэ.

Потом она рассказала и о своем женихе. Уже больше года назад Аглая поняла, что не любит его. Но... Жизнь устроена, и надо принимать решение, поэтому она согласилась выйти за него замуж. Этого очень хочет ее мать, и Аглая чувствует, что ее просто продают. Женщине очень тяжело в нашем обществе — ей приходится мириться с тем положением, которое навязывают ей обстоятельства.

Через четыре часа полета командир самолета вдруг снова обратился к пассажирам. Над Улан-Удэ грозовой фронт, поэтому мы сделаем незапланированную посадку в Красноярске. Сколько продлится эта остановка — неизвестно, может быть, что и несколько дней.

— Боже мой, это же знак! — воскликнула Аглая. — Я не должна ехать! Я знала это!

— Почему? — удивился я.

— Мне не нужно выходить замуж за этого человека. Я ведь не люблю его! Он не понимает меня, а я для него — просто игрушка. Сейчас я поговорила с тобой и поняла это. Вот ты меня выслушал, ты понял мои чувства. Первый раз в моей жизни такое! Я почувствовала себя счастливой. Скажи, ты бы мог полюбить меня?

Я растерялся. Это ведь счастье — любить такую женщину, заботиться о ней, делить с ней свои успехи и тяготы жизни, радости и печали. Но ведь я ей совсем не пара... Сердце заколотилось у меня в груди как сумасшедшее.

— Мог, — ответил я неожиданно для самого себя.

— И ты любил бы меня всю жизнь? Никогда бы не предал? Никогда бы не сказал, что я глупая или вздорная?

— Да что ты, никогда!

— И никогда не бросишь меня, не оставишь?

— Никогда!

— И никогда не станешь попрекать меня? — слезы выступили на ее изумрудных глазах.

— Да в чем?! Никогда! Никогда! — повторял я.

— Данилушка... — она обвила меня руками, прижалась и поцеловала в губы. — Я об этом даже во снах мечтать не могла! Господи, какое счастье! — шептала она.

А я видел ее глаза — глубокие, ясные. Чувствовал ее нежные губы. Обнимал ее тело, такое хрупкое и такое трепетное. Вдыхал ее тонкий, цветочный запах. Чувства переполняли меня, и словно бы какой-то свет пошел у меня изнутри. Неужели же это правда? Неужели правда?!

— Внимание, дамы и господа, застегните, пожалуйста, пристяжные ремни и подтяните их по размеру. Наш самолет начинает снижение для незапланированной посадки в аэропорту Красноярска, — сообщили по селекторной связи.

Самолет приземлился, и тут я вспомнил об Агване. Обернулся и прямо-таки столкнулся с ним взглядами. Он смотрел на меня испуганно, вжавшись всем телом в кресло, не переводя дыхания.

— Чего испугался? Приземлились мы. В Улан-Удэ нелетная погода. Не судьба, брат! — сказал я, чувствуя новые и новые приливы беспечной радости влюбленного человека.

Агван ничего не ответил, и испуг его никуда не делся.

Подъезжая к аэропорту, Аглая обняла меня и спросила:

— Данила, а зачем ты едешь в Улан-Удэ?

— Да есть одно дело, — нехотя ответил я.

— Данила, давай улетим в Питер! Брось все, как я бросаю. А я ведь все брошу ради тебя! Все!

— Аглая, милая моя, да ты же совсем меня не знаешь! Может, я и не такой вовсе, каким кажусь? Да и беден я, как церковная мышь.

— Данилушка, солнце мое! Я же прямо в душу тебе смотрю. Я все вижу — ты тот, о котором я всю жизнь мечтала. Ждала тебя и уж разуверилась, что дождусь. А тут нашла, настоящего! Полюбила я тебя, Данила. Сил моих нет, как полюбила! Давай сбежим, давай улетим в Питер! Вдвоем...

— Данила едет в Улан-Удэ, — тихо и строго сказал Агван.

— Мальчик, Данила едет куда мы решим, — оборвала его Аглая. — Данила, поедем! Мне нельзя в Улан-Удэ, там меня служба безопасности встречать будет. Жених с меня глаз не сводит. Нельзя мне в Улан-Удэ. Давай убежим!

— Аглая, но...

— Зачем это «но», Данила? Разве любовь — это не главное в жизни? Разве не дорога я тебе? Разве не обещал ты, что никогда меня не оставишь? Данила, защити меня!

— Данила едет в Улан-Удэ, — повторил Агван, и металлические нотки зазвучали в его детском голосе.

— Да что ты заладил! — вспылила Аглая. — Данила, неужели же ты меня обманешь — вот так, сразу? Я не верю! Я знаю, что ты меня любишь, любишь по-настоящему. Я это сердцем чувствую! Данила, давай вернемся в Питер!

Тут Агван стиснул челюсти, слезы выступили на его узких карих глазах, и он буквально закричал на весь автобус:

— Нет! У него важное дело! Он едет в Улан-Удэ!

Двери автобуса распахнулись, все двинулись к выходу.

— Агван, что ты себе позволяешь?! Почему ты кричишь на Аглаю? Это наше с ней дело. Как мы решим, так и будет! — сказал я жестко и даже жестоко.

— Данила, ты не можешь... Данила, ты должен ехать... — забормотал Агван.

— Да куда ехать-то?! Приехали уже. Все! Здрасьте! Сколько мы тут валандаться будем? День, два, три? Грозовой фронт над Улан-Удэ! Не хотят нас там видеть! Так что если тебе надо, ты и дожидайся. А мы... — тут я на секунду задумался, посмотрел в глаза Аглаи и продолжил: — Сядем сейчас на самолет и полетим обратно.

— Милый, дорогой, Данилушка, как я рада! Господи, как я рада! — Аглая обняла меня, и наши губы снова встретились.

Через пять минут мы уже были в зале ожидания.

— Дай мне свой паспорт, — сказала Аглая, — я пойду, куплю нам с тобой билеты до Петербурга.

Я отдал ей паспорт. Она улыбнулась мне своей удивительной улыбкой и тут же растворилась в толпе.

— Данила, — маленький монах смотрел мне прямо в глаза, — это Мара.

— Что?! Какой Мара? Ты что, совсем?! Того — ку-ку?! С дуба рухнул?!

— Говорил ли тебе мой Учитель, что Мара будет искушать тебя? — прошептал Агван.

— Ну и что с того? Аглая тут при чем? Какой, к черту, Мара?! Она хорошая, я полюбил ее с первого взгляда. Понимаешь ты — я полюбил! Господи, да что ты вообще можешь в этом понять?!

— Мара хочет остановить тебя. И потому все средства хороши. Я не знаю, плохой она человек или хороший. Это не имеет значения. Я не знаю, любишь ты ее или только кажется тебе, что ты любишь. Это не имеет значения. Мара указывает тебе обратный путь — вот что важно!

— Слушай, это какая-то ерунда! Я встретил девушку, она замечательная. Мы словно бы с ней сто лет знакомы. Неужели же ты думаешь, что я вот так возьму и откажусь от нее из-за бредней полоумных монахов? Ты вообще видел, какая она?!

— Данила, ничто не имеет значения. Ты должен ехать дальше, — Агван и не думал сдаваться.

— Да что ты о себе возомнил? Все, мы закончили этот разговор! — заорал я.

— Мальчики, что мы ссоримся? — послышался сзади игривый голос Аглаи. — А я билеты нам с тобой купила. На... — она протянула мне билет до Питера и паспорт.

Но едва я ухватился за них, как Агван сжал вдруг мою руку и, закрыв глаза, что-то быстро забормотал:

— Ом Ман Падме Хум...

И в одно мгновение все вокруг меня переменилось. Я словно бы летел, падал в какую-то трубу, уши заложило от ужасного свиста, в глазах рябило от мигающей, словно бы неоновой иллюминации.

— А-а-а! Где я?!

— Слушай меня, Данила, — раздался откуда-то сверху голос Агвана. — У тебя всегда есть выбор. Выбор есть всегда. Но никто не знает последствий своего выбора. В этом причина ошибок. Тысячи людей во всех частях света молятся сейчас о твоем выборе. Вот почему один раз тебе дозволено нарушить Закон и узнать последствия своего выбора. Один раз...

— Что со мной?! О чем ты говоришь?! — кричал я.

— Ты увидишь сейчас свое будущее. Это последствие твоего решения...

В этот миг мое падение приостановилось, я оказался в неизвестном мне месте. Все объекты вокруг выглядели, словно бы нарисованные в компьютерной программе. Я увидел себя и рядом Аглаю.

Мы, как мне показалось, только что поженились. На ней было белое платье, на мне — костюм.

Вдруг появилась огромная машина, из нее вышел человек. Он ругался на Аглаю, а потом затолкал ее в свой автомобиль. Она не сопротивлялась. Меня стали бить какие-то люди. Били жестоко, с удовольствием. Еще через секунду я увидел, как ругаюсь с Аглаей на пороге богатого особняка. Она мне отказывает, я настаиваю, хватаю ее за руку и увожу. Мужчина что-то ехидно кричит нам в след.

— Что это, Агван?! — я не мог понять, что происходит, не верил своим глазам.

— Ты женишься на Аглае. Но она никогда не забудет своего прежнего жениха. И он ее не забудет. Она станет уходить от тебя к нему и от него — к тебе. Ты беден, он богат, а она — человек. Думай сам...

Далее — махонькая, обшарпанная квартирка. Аглая постарела, я вижу ее в фартуке на замызганной кухне. Она стала в два раза толще, ее поседевшие волосы небрежно убраны назад. Вокруг бегают дети — мальчик и девочка. Аглая ругается на меня, тычет на детей пальцем и уходит, хлопая дверью. Ее лицо искажено судорогой, в ней все — ненависть, презрение, отчаяние, злость. Я отхлебываю из горла бутылки с прозрачной жидкостью и что-то ору ей вслед.

Вдруг вокруг меня снова все меняется — «переход на другой уровень». Я стою на улице неизвестного города, вокруг чудовищный урбанистический пейзаж. Дыхание сводит от едкого запаха прогорклой гари и гниения. Кругом грязь, странные люди, разбитые и сожженные автомобили. Начинается перестрелка. Пока один магазин грабят, в другом продолжается торговля. Видимо, это обычная ситуация для этих мест. На углу другая потасовка, женщины бьют немощного старика.

— Господи, что это?! — кричу я, чувствуя, как мертвецкий холод бежит по моей спине.

— А это мир, в котором тебе предстоит жить. Правда, это не весь мир, только его половина. Это «низший» из двух миров, здесь царствует насилие: сильный выживает за счет слабого, а слабый — за счет того, кто еще слабее. У этих людей не осталось ничего святого, они влачат жалкое существование, уничтожая друг друга. Наркотики здесь доступнее хлеба, дети с малолетства держат в руках оружие, а болезни похожи на средневековые эпидемии. Эти люди знают, что живут в Аду. Вот почему они живут по законам Ада.

Есть еще и второй мир, «верхний», куда тебе не попасть. Новый Рай огорожен высокими стенами, там живет высшая каста. Она сосредоточила в своих руках все богатства мира, утопает в роскоши и тешит себя холодным цинизмом. Человек не оправдал надежд гуманизма, высшая каста покровительствует только тем, кто полезен. Она живет за счет технологий и защищается от низшей касты, которая предоставлена самой себе. Здесь побеждены болезни, но старость и немощь заставляет людей искать смерти. Смерть кажется им теперь благом.

— Это ужасно! — мне становится дурно, мне кажется, что сейчас я потеряю сознание.

— Дальше ты не можешь видеть, — останавливает меня голос Агвана. — Возможно, люди «низшего» мира погубят друг друга, и планета уподобится пепелищу. Может быть, они разрушат «верхний» мир, но тогда окончательно погибнет наша цивилизация. Это результат твоего выбора. Все зависит от твоего выбора, Данила. Выбор есть всегда.

Видение пропало. Я снова здесь — в аэропорту Красноярска. Аглая протягивает мне билет до Петербурга, а я держу его кончиками своих пальцев. Но холод все так же гуляет по моей спине, жуткая нервная дрожь сотрясает мои ставшие ватными ноги. Дыхание прервано комом, который стоит у меня поперек гортани. Голова раскалывается от боли и тяжести. Я сдерживаю подступающие, идущие изнутри рыдания.

— Спасибо, Аглая, — говорю я и беру из ее рук свой паспорт.

— Мы вылетаем через три часа, а пока можем пойти в ресторан. Мне сказали, что он на втором этаже.

— Аглая, я не могу сейчас лететь в Петербург. Возвращайся одна, я приеду через несколько дней...

— Что это значит?! — ее лицо исказила судорога. — Ты можешь вот так взять и единолично принять решение, которое касается нас обоих?!

— Аглая, мне действительно нужно сделать одно дело. Это очень важно, правда. Мы расстанемся ненадолго. Я приеду к тебе, и если ты меня действительно любишь...

— Важно не то, люблю ли я тебя, важно то, любишь ли ты меня!

— Я люблю тебя, Аглая. Я полюбил тебя с первого взгляда. Я прошу тебя только об одном одолжении — чуть-чуть подождать...

— Да пошел ты! — она швырнула в меня билетом, развернулась и зашагала прочь, печатая шаг шпильками туфель.

— Аглая! — я крикнул ей вслед, но она не остановилась.

Я сел в кресло и пару минут находился в состоянии полной прострации. Холодный пот прошиб меня, выступил на лбу. Несколько раз я порывался встать и броситься ее разыскивать. Но всякий раз останавливался, глядя на своего маленького спутника. После экскурсии, которую он мне устроил, Агван выглядел ужасно — лишившимся сил, выжатым, истощенным.

— Агван, — я тихо позвал его. — Я еду дальше. Слышишь? Не расстраивайся. Я еду дальше. Все будет хорошо. Прости меня.

Мальчик посмотрел на меня и тихо улыбнулся. Благодарность и понимание было в этой улыбке. На миг мне показалось, что он значительно старше меня — мудрее, опытнее. Не знаю, почему мне так показалось, но я чувствовал в этой детской еще душе неизвестную мне прежде, но восхищавшую меня теперь внутреннюю силу.

— Мой Учитель, — прошептал Агван, — говорил: «Не путай любовь и желание. Любовь — это солнце, желание — только вспышка». Желание ослепляет, а солнце дарит жизнь. Желающий готов на жертвы, а истинная любовь не знает жертв и не верит жертве — она одаряет. Любовь не отнимает у одного, чтобы дать другому. Любовь — это суть жизни. А свою жизнь не отдашь другому.

Данила, я еще мал, это правда, но послушай меня. Желание только кажется благом, но оно — опаляющее душу пламя, это пожар — слепой и жестокий. Если ты любишь тело — это только желание. Любовь — это отношение к человеку, а не к его телу. И тут тайна любви. Всю жизнь мы пытаемся найти самих себя. Это большой и непростой путь. Но насколько же сложнее найти внутренний свет в другом человеке!

Вот почему любовь не рождается сразу, сразу возникает только желание. Те, кто не могут отличить любовь от желания, обречены на страдание. Те, кто жертвуют, те — не любят. Тот, кто не нашел самого себя, еще не может любить.

Я слушал слова маленького монаха, и сердце мое замерло. Я понял вдруг, почему до сих пор я был так несчастен. Никто не говорил мне это раньше — бояться нужно не любви, а своего желания. Я всю жизнь боялся любить, но никогда не боялся своих желаний. Они ослепляли меня, и я падал в бездну. Почему я боялся любить? Для этого я еще не нашел самого себя, «это большой и непростой путь».

— Данила, — у меня над головой снова прозвучал голос Аглаи.

— Что ты хочешь, Аглая? — отозвался я.

— Неужели же ты вот так возьмешь и бросишь меня? — удивление в ее голосе смешалось и с раздражением, и с недоверием.

— Аглая, оставь мне свой телефон. Если хочешь. Я позвоню сразу же, как приеду.

— Придурок! Ты форменный придурок! Кретин! Как я вас всех ненавижу! — она притопнула ножкой, разрыдалась и бросилась прочь.

Сначала я хотел встать и догнать ее. Но потом подумал — у нее ведь тоже есть выбор. Выбор есть всегда.

Мы шли по московским улицам к дому.
Данила ввел меня в маленькую
однокомнатную квартиру-хрущевку,
которую снял на деньги,
вырученные от продажи
своей питерской комнаты.
«Это странная история», — сказал он.
«Ты все делал правильно», — ответил ему я.
Данила улыбнулся
и предложил мне скромный ужин.
Мы наскоро перекусили.
Он заварил чай, разлил его по кружкам
и продолжил рассказывать...

В аэропорту объявили, что вылет нашего рейса откладывается на ближайшие двенадцать часов. Короче говоря, погода нелетная — отдыхайте, граждане!

— Мы должны идти, — сказал ученик Ламы.

— Ну куда мы пойдем, Агван? Погода нелетная. Поездом, что ли... — или куда-либо не хотелось категорически.

— Это не имеет значения. Мы должны найти способ, — ответил Агван.

— Может, дождемся, когда начнут летать самолеты?

— Погода не наладится, пока мы не найдем способа добраться до места как-то иначе.

— Опять Мара не пущает? — я неловко пошутил.

— Это не имеет значения, — с обычной для себя серьезностью ответил Агван.

— Да что ты заладил! «Не имеет значения», «не имеет значения»! Ерунда какая-то! — я рассердился.

— А что имеет значение?

— Твоя готовность, — ответил Агван, встал, вскинул на плечи котомку и пошел.

— А... Черт бы тебя побрал! — я встал с кресла, изображая недовольное ворчание. — Где вас таких находят еще... Непонятно.

— Не имеет значения! — маленький монах хитро улыбнулся.

Мы прошли по аэропорту и оказались рядом с VIP-зоной. Нас остановил веселый крупный мужчина средних лет. Он был просто одет, держал в руке какие-то бумаги и, казалось, заговорил с нами с одной лишь целью — как-то скоротать время:

— Ребята, а вы куда собрались?

— Нам в Иркутск надо. До Улан-Удэ — никак, а мы опаздываем, — ответил Агван.

— И чего тут ищете? — продолжил свой допрос незнакомец.

— Частникам погода не указ. Так, может, чей-то самолет полетит?

— Полетит, — ухмыльнулся мужчина.

— А с кем можно переговорить?

— А со мной и переговорите, — предложил незнакомец.

— Нам очень надо в Иркутск. Важное дело, — Агван говорил с такой серьезностью, что я чуть было не рассмеялся.

— Что за дело-то?

— Я человека везу, ему надо до завтрашнего вечера в монастырь попасть.

— Да, важное дело, нечего сказать! — расхохотался наш собеседник.

— Важное, — серьезно ответил Агван. — Ну так поможете?

— А чего не помочь, помогу, — согласился вдруг мужчина.

Тут я решил вмешаться:

— А вы уполномочены решать такой вопрос? — спросил я.

— Отчего ж не уполномочен? Мой самолет. Кого хочу, того и вожу, — сказав это, незнакомец улыбнулся и подмигнул Агвану. — Вы, чувствуется, не местные.

— Нет, не местные, мы из Питера, — ответил я.

— Серьезно?! — он сделал вид, что ему это приятно слышать, мол, уважает. — А я-то думаю — чего не признаете? Или телевизора не смотрите.

— А вы кто? — удивился я.

— Я, дружок, хозяин Сибири, — ответил незнакомец. — Николаем зовут. А вас как?

Мы представились.

— Ну-ка, берите мои сумки, вон там. И давайте мигом на посадку, — скомандовал хозяин Сибири.

Я в жизни не видел такого самолета! Маленький, аккуратный, изнутри весь отделанный кожей, с широкими удобными креслами и большим столом посередине салона.

Николай сначала обсуждал какие-то вопросы со своими помощниками, потом просмотрел бумаги, отдал несколько распоряжений и обратился к нам:

— Не боитесь лететь-то? Погода не ахти... — он сел напротив нас и с удовольствием посмотрел в иллюминатор.

А любоваться было на что — мы летели над холмами, сплошь покрытыми лесом, над быстрыми реками и прозрачными озерами. Бескрайние просторы Сибири простирались, насколько хватало глаз. И весь этот российский Клондайк, как оказалось, принадлежал нашему новому знакомому.

— Нам надо спешить, — ответил Агван.

— Ну, с этим все понятно. Он буддийский монах. Будет уважаемым человеком. А ты будешь уважаемым человеком? — спросил Николай, обратившись ко мне.

— Время покажет, — я уклонился от прямого ответа.

— Будущее только следствие прошлого. Показывает то, что было, а не то, что будет, — сказал

Николай и со странной усталостью посмотрел мне в глаза. — Ты кем работаешь-то?

— Я не работаю сейчас. Как из армии пришел, так и не работаю. Поучился, но все пустое.

— А где служил? — нехотя спросил меня хозяин Сибири.

— Да... В Чечне.

— В Чечне?! Воевал?! Правда, не брешешь? — Николай словно ожил.

— А что? — я же, напротив, напрягся; никогда не знаешь, чего от таких разговоров ждать.

— Я в Афгане был, — сказал Николай, его лицо в один миг посветлело, морщины разгладились.

— Интернационалист, значит. А я, получается, что националист, — мрачно пошутил я.

— Да ладно тебе! Пехота? Артиллерия?

— Спецназом звали.

— Ну, брешешь... — он посмотрел на меня с недоверием.

— Может, и брешу, а звать — звали.

— Слушай, Данила, а давай я тебя к себе на работу возьму? — его предложение казалось искренним.

— Охранником, что ли? Нет. Не хочу, спасибо. Не могу оружие в руках держать. Руки чешет.

— Да не нужны мне охранники! Мне сообразительные люди нужны — молодые, перспективные, амбициозные. Ты посмотри, какая страна-то, сколько в ней всего, а управлять некому. Страдает земля без хозяев. Нужны ей хозяева, а взять негде. Положиться мне не на кого, понимаешь, Данила! Стержень потерял наш народ. Душа у него широкая, а силы нет. Духа ему не хватает. Поиздержался.

Я тебе серьезно говорю. Давай ко мне в компаньоны! Я тебе сначала несколько месторождений выделю — будешь осваивать. Получится, так большим начальником сделаю. У меня и заводы есть бесхозные, и прииски заброшенные. Много дел надо делать, а рук не хватает. Все стоит, ждет тебя, Данила.

Ты слушай меня! Большим человеком станешь, уважать себя будешь. А так — кто ты есть? Пустое место? Куда это годится? Зря ты, что ли, кровь проливал, зря товарищи твои погибли? Нет, брат, это нехорошо. Ты родину защищал, а теперь бери ее, осваивай. С автоматом наперевес бегать — дело нехитрое. А вот работать, жизнь налаживать — дело стоящее! Не робей, Данила. Соглашайся!

Николай прямо горел, светился весь. И столько в нем было энергии, столько силы, столько желания! Это завораживало. Да я и сам чувствовал сейчас прилив внутренних сил. Военное братство — вещь особенная, ее не разъяснишь. Кто не знает, тот никогда не поймет.

И вот вдруг передо мной могущественный человек, который чувствует так же, как и я, понимает жизнь так же, как ее понимаю я. И мне не нужно перед ним ни унижаться, ни юлить, ни создавать какое-то впечатление, ни объяснять что-то. Мы понимаем друг друга без слов, потому что у нас одно прошлое. И сейчас оно делает наше будущее.

Я представил себе, как буду разрабатывать месторождения, руководить людьми, поднимать заброшенные производства, проводить большие проекты. У меня будет возможность реализовать себя, стать таким же сильным и уверенным в себе человеком, как Николай. И кому, как не мне, он может доверить свое дело? Ведь мы с ним одной крови, пережили то, что другим и не снилось. Я буду хозяином Сибири! Пусть и не таким, как Николай, но все же! От этой фантазии у меня даже голова закружилась.

— Да ты смотри, смотри! — Николай тыкал пальцем в иллюминатор. — Тут же работы на целую жизнь — делай, не переделаешь. У меня конкурентов нет. Я тут главный, тут все мое! Но пока развитие стоит, буксуем. Люди нужны, а где их взять? А ты такой человек, как мне нужен, я по глазам вижу. Спецназ — он везде спецназ. Мы друг друга в беде не бросаем.

— Не бросаем! — подтвердил я.

— Ну так что, согласен? Ни о чем не беспокойся, все устрою, во всем помогу. Нуждаться не будешь, а сколько унесешь — все твое. Моим человеком станешь. Согласен? Давай! Приступишь к работе завтра! И учти, я таких предложений два раза не делаю. По рукам? — хозяин Сибири протянул мне свою большую квадратную ладонь.

И только я принял его рукопожатие, как Агван, сидевший все это время рядом, взял меня за плечо и снова что-то быстро забормотал:

— Ом Ман Падме Хум...

Меня сжало со всех сторон. С бешеной скоростью я превращался в уменьшенную копию самого себя. И вдруг резкий звук, толчок, нестерпимая боль, и я превратился в сгусток энергии. Волной меня понесло вдоль сцепленных рук, через рукопожатие, и я оказался внутри моего собеседника.

— Агван, что ты делаешь?! — закричал я.

— Мара искушает тебя, Данила. Он хочет купить твое решение — властью, силой, деньгами. Ему нужно только одно — остановить тебя. Ты один стоишь у него на пути, и он искушает тебя. Больше ты не можешь видеть последствия своего решения, этот шанс ты уже использовал.

Но тысячи людей во всех частях мира продолжают молиться о твоем выборе. И потому у тебя есть возможность взглянуть на этого человека изнутри. И это ты можешь сделать лишь однажды. Ты делаешь это теперь. Он сулит золотые горы, но каково сердце у владельца золотых гор?

— Агван, я все понял! Не нужно! Оставь мне этот шанс! — закричал я.

— Поздно, Данила. Теперь смотри...

И я увидел сердце владельца золотых гор. Светлое пятно, которым оно было когда-то, теперь утопало в черных, растущих на глазах язвах. Оно покрылось темнотой и зачерствело. Свет уже не бился в нем, как прежде, а лишь слабо мерцал. Забота о деньгах, больших, чем ему были нужны, съели этого человека. Все его мысли, все его чувства, прежде светлые и свободные, были теперь розданы заботам о пустоте.

Я видел, как он проводит совещание, идет по заводским цехам, дает инструкции, куда-то едет, участвует в переговорах. Он смотрит отчеты своих подчиненных и с руганью кидает им их в лицо. Его просят о помощи, но он отказывает. Другим же он дает толстые пачки денег, и эти люди, ничего не говоря, убирают их в стол. Потом снова какие-то разговоры на повышенных тонах, угрозы и страх.

Далее рестораны, казино, ночные клубы. Девушки, мечтающие о его деньгах. Лживые друзья, надеющиеся на совместный бизнес. Дорогие машины, дорогие костюмы, дорогая жизнь. А вот его дом — огромный, похожий на музей — пуст. Жена и дети живут за границей. Он разговаривает с ними по телефону — сухо и официально. Чуть позже недовольным голосом дает распоряжение о переводе каких-то денег.

Глубокая ночь. Он сидит в большой темной комнате у неразожженного камина. Белый порошок… Тьма.

Все это я вижу словно бы внутренним взором, я смотрю на его сердце и вижу эти картины. Пустое, съеденное изнутри сердце. Когда-то в нем был свет, когда-то оно билось, и в этом биении звучало дыхание жизни. Это сердце умело чувствовать, оно хотело любить. «Иметь или быть?» — вот вопрос, который стоял перед обладателем этого сердца много лет назад. Теперь он имеет все, и его нет.

Видение пропало.

— Ах, — я сжался от боли, высвободил руку из рукопожатия и схватился за грудь; казалось, будто бы раскаленный двадцатисантиметровый гвоздь вонзился в эту секунду мне в сердце.

— Что с тобой?! Ты нездоров? — в глазах у Николая читалось недоумение. — Эй, как тебя там — Актай, Албан, Агван? Что ты с ним сделал?! Что это за молитва?

— Он не может остаться с тобой, — спокойно ответил Агван. — Он должен ехать в монастырь.

— Да, не могу, — прохрипел я, превозмогая чудовищную боль. — Мне надо ехать...

— Сумасшедшие...

Я потерял сознание. Когда очнулся, мы уже сидели в аэропорту Иркутска, в общем зале. Погода была ужасная, даже в здании слышался дождь. Он неистово хлестал по кровле, стучался в окна, тянул через двери промозглым ветром. Как только мы смогли приземлиться...

— Данила, — позвал меня маленький монах. — Тебе лучше? Давай, держись, мы уже близко. Осталось совсем чуть-чуть. Мара теряет силы. У нас все получится!

— А где Николай? — спросил я.

— Уехал, — Агван печально улыбнулся. — Думаешь, ты ему нужен? Нет, Данила. Ему никто не нужен. Он сам себе не нужен. Да его и нет. Хотел все купить и все купил. Большая была душа, многое было дано. Но все зависит от выбора, а выбор есть всегда.

— Куда мы теперь?

— На вокзал. На поезде поедем. Погода только хуже становится, — Агван надел на свои плечи котомку и сделал мне знак, что надо идти.

Совсем стемнело. На город опустилась ночь.
Маленькую кухоньку
освещала одинокая лампочка,
висящая под самым потолком на одних проводах.
За окном шел дождь, как в ту ночь, в Иркутске.
Стало холодно. Данила встал, зажег конфорку.
Потом сел на свое место и продолжил рассказ.

Через час мы уже были на железнодорожном вокзале. Агван взял билеты. До отправления оставалось еще несколько часов. Мы расположились в зале ожидания и задремали. Я проснулся от оживленного разговора где-то по соседству. Мой маленький спутник весело смеялся, беседуя с пожилой супружеской парой.

— Агван, смотри, Данила проснулся, — сказала женщина.

У нее были монголоидные черты лица — достаточно большие, но раскосые, карие глаза, широкие скулы и странный нос без переносицы.

— Данила, познакомься, — сказал улыбающийся Агван. — Это Ользе, она бурятка, как и я. А это ее муж — Сергей Константинович.

Старики уважительно качнули головами в мою сторону. Ользе тут же пригласила меня к импровизированному столу:

— Данила, присоединяйся к нам, тебе надо перекусить.

— Спасибо, с удовольствием, — ответил я и подсел к компании.

На льняной салфетке были разложены домашние пирожки, разные овощи и приправы к ним.

— Видно, сильно проголодался, — сказал старик, глядя на то, как я уплетаю за обе щеки.

Сергею Константиновичу было, как мне показалось, лет семьдесят пять. Выглядел он очень аристократично — высокий лоб, копна седых волос, круглые очки, усы и аккуратная профессорская бородка.

— Мы проделали большой путь. Едем в буддийский монастырь по воле моего Учителя, — признался Агван.

— Это хорошо, — сказала Ользе, — мы тоже поближе к святым местам перебираемся. Умирать скоро, да и внука повидать надо. Скучаем по нему... Как он там?..

— А вы не здесь живете? — спросил Агван.

— Я родилась на Байкале, но отец отправил меня в Ленинград, учиться. В университете мы с Сергеем Константиновичем и познакомились. Он был на философском, а я на филологическом. Потом война, блокада... Теперь одни остались. Дочка умерла в родах, оставила нам мальчонку. А он вырос да уехал. При буддийском монастыре живет, надо повидать, попрощаться.

Я смотрел на этих стариков и дивился их отношениям. Они прожили вместе более пятидесяти лет, а казалось, будто бы только вчера познакомились. Сергей Константинович заботливо оберегал Ользе, а она ухаживала за ним с удивительной нежностью и уважением. Они, казалось, были частью единого целого — интеллигентные, умные и невероятно добрые.

Объявили, что поезд на Улан-Удэ подан под посадку. И тут выяснилось, что мы с нашими новыми знакомыми едем одним поездом, даже в одном вагоне, только купе разные. Но эту проблему мы быстро решили. Через полчаса Агван начал дремать, и я отправил его на верхнюю полку, чтобы он выспался. Да и поздно уже.

Мне же спать не хотелось. Я чувствовал себя неспокойно. За окнами поезда непроглядная темень, дождь продолжался с прежней силой, колеса нервно стучали. Я не находил себе места. В обществе этих двух милых стариков мне было легче.

— Данила, а ты на посвящение едешь? — спросила Ользе.

— В каком смысле? — я не понял вопроса.

— Ты же собираешься послушником стать при монастыре? — удивилась она.

Я даже рассмеялся:

— Да уж, скажете тоже! Какой из меня буддийский монах, я же европеец! Ну или как там?.. — я смутился, мне показалось странным, что я назвал себя европейцем.

— Не скажите, юноша, — вмешался в разговор Сергей Константинович. — Европейцы не так уж далеки от Востока, как это принято думать. А буддизм — так и вовсе наша первая религия.

— Ну конечно! — я выразил свое сомнение. — Это почему же?

— В Древней Греции было много великих философов. Но только двум удалось создать уникальные философские системы. Они рассказали нам о мире, о человеке и его предназначении, каждый по-своему. Их звали Платон и Аристотель.

— «Платон мне друг, но истина дороже» — это, кажется, Аристотель сказал? — признаюсь, я сам себе удивился, употребив к месту этот совершенно непонятный мне до сих пор афоризм.

— Вот, вот! Именно! — обрадовался Сергей Константинович. — Платон изучал сущность человека, а Аристотель — его содержание. Изучать сущность всегда тяжелее, нежели описывать то, что видишь. И поэтому Платона мы быстро позабыли, а вот Аристотеля возвели в ранг великих мудрецов.

— И причем тут буддизм? — мое недоверие было еще при мне.

— Да, по большому счету, ни при чем...

— В смысле?!

— Как бы тебе это объяснить, Данила, — было видно, что Сергей Константинович решал, надо ли ему говорить то, что он собирается сказать, или нет.

— Сережа, объясни ему по-человечески, — вмешалась Ользе.

— Ну ладно, — согласился Сергей Константинович. — Аристотель размышлял так, словно бы его местом работы был сталеплавильный цех. Он полагал, что есть материя, и время от времени она превращается во что-то — в тебя, в меня. А потом уходит в никуда, обратно в материю. И все. Это не круг, а линия — от рождения до смерти. Так думают и все нынешние европейцы. Из праха появляемся и в прах обращаемся.

Платон думал иначе, и его рассказы ничем не отличаются от рассказов Будды. Он знал, что у всего живого в этом мире — у тебя, у меня, у растения или животного — есть своя сущность, своя душа. Рождается и умирает только наше тело, а вот сущность, напротив, в процессе этих трансформаций развивается.

— Дай теперь я скажу, — вмешалась Ользе. — Я, Данила, буддистка. Не в смысле обрядов, а в смысле мировоззрения. И мы так это дело понимаем. Есть твоя душа — и это самое главное. Все остальное — суета и глупость. Возьми и выбрось — не жалко. Время от времени твоя душа обретает тело. Она живет в нем и совершенствуется, или не совершенствуется. Это по желанию.

Когда ты понимаешь, что твоя жизнь — это возможность совершенствовать себя, ты служишь Гармонии, Высшему Свету. Мы говорим — достигаешь Нирваны. А если ты не понимаешь этого, размениваешься по мелочам, ты растрачиваешь энергию Мира. И это твой грех, ведь ты тратишь не свою, а общую энергию...

— Данила, — слово снова взял Сергей Константинович, — Платон рассказывал, что души перерождаются. Они приходят в этот мир снова и снова. И чем лучше они проведут свою очередную жизнь, тем больше им будет дано в будущей жизни. Но и будущая жизнь — это только ступень. Если пройти их все, тебе откроется Небесный Свод, по которому движутся Боги в своих прекрасных колесницах.

Буддисты называют Небесный Свод — Нирваной, а достигших небесного свода — Буддами. Мир полон страданий, и тебе это хорошо известно. Но страдания — это не то, на что нужно обращать внимание. Ты живешь, чтобы помогать другим душам, указывать им путь, который ты сам уже прошел за свои прошлые жизни. И если ты это делаешь, то душа твоя совершенствуется, и ты сам быстрее достигнешь Просветления — состояния Будды.

— Так Платон был буддистом?! — я ушам своим не верил.

— Ну, в каком-то смысле — да. Он знал ту же истину, — ответил Сергей Константинович. — Только вот мы не послушали Платона. Мы поверили Аристотелю, который был слишком далек от Небесного Свода. И вот посмотри теперь на западный мир, во что он превратился. Все опять встало с ног на голову. Мы не видим главного, растрачиваем свою жизнь на бессмысленные занятия, тратим общую для всех нас энергию Света. И я думаю, это плохо кончится.

Старик замолчал и помрачнел. Потом он обнял Ользе и нежно поцеловал ее.

— Но мой народ верит, — продолжила Ользе, — что где-то на земле скрыты Заветы. Имя им — священная Шамбала. Они откроются Гэсэру — великому воину, который будет слышать голоса и сможет собрать подле себя всех, чьи души соприкасались с Нирваной. Это будет великая война Света против сил Тьмы. Лучшие души объединятся и укажут остальным Путь.

В своей прошлой жизни Гэсэр сказал: «У Меня много сокровищ, но Я дам их Моему народу лишь в назначенный срок. Когда воинство Северной Шамбалы принесет с собой силы спасения, тогда открою Я горные тайники. Все разделят Мои сокровища поровну и будут жить в справедливости. Золото Мое было развеяно ветрами, но люди Северной Шамбалы придут собирать Мое Имущество. Тогда заготовит Мой народ мешки для богатства, и каждому дам справедливую долю. Можно найти песок золотой, можно найти драгоценные камни, но истинное богатство придет лишь с людьми Северной Шамбалы, когда придет время послать их». Так заповедано.

Перед последней схваткой с силами Тьмы белый Гэсэр появится из небытия и войдет в храм с багряным агнцем на своих руках. Тридцать три светильника загорятся, когда он скажет: «Кто здесь живой?!»

Я слушал эту женщину и не верил своим ушам. На новый лад, неизвестными мне прежде словами она рассказывала о том, о чем рассказывал мне и Лама, и все, с кем я разговаривал в день моего отъезда. И как в этой семье сошлись Восток с Западом, так и мне предстояло сейчас совершить тот же шаг.

Теперь я снова ощущал биение своего сердца, но иное, не то, что прежде. Я вдруг почувствовал на себе огромную ответственность, ту, о которой меня предупреждали перед отъездом. Жар обдал меня изнутри, дыхание прервалось, огненный румянец появился на щеках...

В коридоре послышался шум, и дверь нашего купе с грохотом отворилась.

Данила замолчал. Тени двигались по его лицу.
Казалось, ему нужны были силы,
чтобы продолжить рассказ.
Повисла долгая тяжелая пауза.
Я понимал, что сопротивление сил Тьмы
сейчас станет больше,
ведь пункт назначения близок.
Но Тьма не приходит в этот
мир ужасным чудовищем.
Она играет на слабостях и желаниях человека.
И в этом ее сила — в этом наша слабость...

На пороге нашего купе стояло несколько человек в штатском.

— Ваши документы! — скомандовал пухлый, лысоватый субъект.

Старики засуетились в поисках своих паспортов.

— А кто вы такие? — спросил я.

— Федеральная служба. Документы предъявите. — Язвительный тон этого субъекта не предполагал возражений.

Что такое «Федеральная служба», мне было неизвестно, но хотелось уже поскорее отвязаться от этих наглых, непрошеных гостей. Я достал свой паспорт.

Человек посмотрел мой паспорт, кивнул трем другим, которые стояли в коридоре, и обратился ко мне:

— Я вынужден вас задержать. Пройдемте!

— Да никуда я не пойду! С чего?! Почему я должен куда-то идти?!

Впрочем, моих возражений никто не слушал. Меня мгновенно схватили, заломили руки и волоком протащили по коридору в тамбур. Последовала экстренная остановка поезда. Проводник открыл двери, и я оказался под проливным дождем. Через минуту подъехала машина, меня загрузили в нее, как мешок с цементом и, дав газу, повезли по разбитой дороге в неизвестном направлении.

Я пытался кричать и сопротивляться. В ответ на это меня сначала одели в наручники, а потом и вовсе огрели чем-то по голове. Очнулся я еще в машине, голова отчаянно гудела, в затылке — ноющая боль.

Я был уверен, что это какая-то ошибка. Очень скоро все выяснится, и меня отпустят. Еще извиняться будут...

Машина остановилась у приземистого здания, табличку на входе я разглядеть не успел. Меня втащили внутрь. Несколько поворотов по коридору, металлическая дверь, холодный пол и лязгнувший звук замка. Огляделся — длинное, узкое помещение, зарешеченное окно, стол с довоенной еще электрической лампой и два стула. Я выругался.

Через полчаса от отчаяния я стал со всей силы колотить в дверь, но без эффекта. Руки попрежнему сковывали наручники. Меня тошнило, бил озноб. Было холодно. Потом я, наконец, уснул, сжавшись калачиком в углу комнаты. Сон был тревожным. Мне снилось, что я связан по рукам и ногам. Мое тело то поднимали на дыбу, то подвешивали вверх ногами, то бросали на морское дно...

Я проснулся в поту от звука открывающейся двери. В помещение вошел худощавый самоуверенный человечек в сером костюме. Он сел на стул и посмотрел на меня, лежащего в углу, как на заморскую диковинку.

— Как спалось, Данила? — спросил он лилейным голосом.

— Отвратительно, — прохрипел я.

— О, дружок, это далеко не самое худшее! Скажи спасибо, что не в общей камере с уголовниками, — он расхохотался отвратительным мелким смехом. — Мы вообще можем с тобой поразному поступить. Будешь паинькой, и мы будем к тебе хорошо относиться. А будешь ваньку валять, тогда извини...

— Да что вам от меня надо?! — я был вне себя от гнева, чувствуя свое полное бессилие.

— Ты пойми, добрый молодец, это не нам от тебя надо, это тебе от нас надо, — улыбнулся незнакомец.

— Мне ничего от вас не нужно! Выпустите меня отсюда!

— Ну вот, а говоришь, что ничего от нас не надо. Оказывается, надо! — он снова расхохотался. — Давай, присаживайся на стул. Обсудим твою просьбу.

— Черт, у меня нет никакой просьбы! Отпустите меня! Кто вам позволил?! — негодование захлестывало меня изнутри.

— Да никто, Данила! Никто! Мы сами взяли и все себе позволили. В этом мире правда за силой, Данила. Уж не тебе ли это знать...

И тут этот мерзкий человечек стал перечислять самые интимные факты моей биографии. Через пару минут этих «откровений» он дошел до момента, о котором я надеялся уже больше никогда в своей жизни не вспоминать.

— Помнишь, — сказал он, — как ты участвовал в зачистке в одном селе под Грозным?

У меня похолодело внутри:

— И что?! Дело закрыли. Какое это имеет сейчас значение?! — заорал я.

— Ну ты же понимаешь, как закрыли, так ведь можно и открыть. Совесть-то не мучит? Кошмары, часом, не снятся? Пять человек детей, женщина, двое стариков... Не снятся кошмары, Данила? Чеченский след... Покойнички-то не преследуют?!

Меня забила мелкая дрожь. В памяти всплыла та ужасная ночь. Поступили разведданные о том, что в соседнем селе скрывается группа боевиков. Нас подняли по тревоге, и мы выдвинулись в указанное место. Ночь — это не наше, не федеральное время в Чечне. Ночью там другие хозяева. Ночью мы боимся чехов, а не они нас. Поэтому ночью — их время.

Вошли в село, и с порога начался бой. Мы продвигались с трудом. Каждый жилой дом, каждый сарай — крепость. Каждое окно, каждая щель — огневая точка. Мы ввязались, но силы были неравны. Командир принял решение отступать, вызвать подкрепление и до утра закрыть чехов в селе. Но они заперли нас раньше — все отходы из села простреливались перекрестным огнем.

Стало понятно, что до утра не продержаться. Как куропатки в засаде... Подкрепление вызывали, но пока оно придет, мы уже будем «грузом двести». Кто-то ранен, кто-то убит. А ведь это как в шахматах — чем меньше у тебя фигур, тем меньше у тебя шансов и тем изощреннее должны быть твои действия.

Определились три основные точки внутри села, откуда по нам велся огонь. Три дома. Командир сформировал три группы, я был назначен в одну из них старшим. Моя группа прекратила стрельбу, чтобы пробраться к цели незамеченными. Все шло гладко. Мы тихо прошли через сад и закидали намеченный дом гранатами. Внутри было пятеро детей, женщина и два старика. Все погибли.

Боевики действительно были в доме, но, видимо, успели отойти.

Потом на нас завели дело, было расследование. Но под давлением командования, как это обычно водится в таких случаях, дело закрыли. Теперь этот подлец вынул скелет из шкафа и начал им трясти.

— Чего вы от меня хотите? — спросил я.

— Да ничего особенного! — незнакомец стал вдруг самой добродетелью, — ты давеча летел с одним гражданином на его самолете. Он тебе предложил работку, а ты отказался. Правильно сделал, хороший мальчик. Только вот нам нужно, чтобы ты на него поработал. Точнее, конечно, на нас, но у него. Понимаешь, о чем толкую?..

— Засланного казачка хотите из меня сделать?

— Ну что-то наподобие. У нас на него зуб имеется, но нужны посерьезнее зацепочки. В накладе не оставим. Сам понимаешь, деньги большие крутятся. Работенка, конечно, грязненькая. Но деньги — они ведь не пахнут. Да и сам этот гражданин не наследство же получил. У государства украл.

— А вы, значит, защитнички государства? — зло сказал я.

— Тебе-то какое дело, голуба моя! Или посидеть захотелось лет двенадцать? Даже никуда и ехать не надо — прямо здесь тебя и устроим. В колонию особо строгого...

— Да пошел ты! — я сплюнул и отвернулся.

— Ну, как знаешь, дружок. Время у меня есть. И у тебя будет. Подумаешь! — он сорвался на фальцет. — Охранник!

В дверях появился человек в милицейской форме:

— Слушаю, товарищ майор!

— Помогите мальчику подумать... — приказал мой собеседник и удалился.

Потом меня били. Били профессионально. Два мужлана, видимо, из сидящих здесь же. Прежде я никогда не чувствовал себя отбивной. Теперь понял, что это такое. Достаточно скоро я перестал чувствовать боль и понимать, что мне говорят. Было время подумать...

Я думал об обликах сил Тьмы, об обличиях Мары. Все мы пытаемся убежать от самих себя. Кто-то, как Аглая, придумывает себе любовь; кто-то, как Николай, ищет спасения в богатстве. Но от себя не убежишь. Рано или поздно ты посмотришь в зеркало и увидишь, что с тобой сталось.

Смотри: «Се человек!» Отвратительное создание. С каждым новым ударом я чувствовал это сильнее и сильнее.

Боль, страх, ненависть, голод — вот, что движет нами. И от этого никуда не уйти. Тьма имеет все шансы. Кто я такой, чтобы остановить это? Людей не переделаешь. Бог или кто-то Там допустил ошибку в самом начале. Не из того теста нас сделали. Не из того... Тесто. Я чувствовал себя тестом, куском теста.

«Се человек!» Мне отчаянно расхотелось жить. За эти двое суток я познал *человека.*

«Господи, как хорошо, что Агван избежал этого! Старики позаботятся о нем. У него все будет хорошо». Эта мысль — единственная, что доставляла мне теперь радость. Незаметно для самого себя я даже начал улыбаться, кривя полный крови рот. Впрочем, это только распаляло моих палачей. «Смешно тебе, ... !» — кричали они, следовал очередной удар, и их голос терялся в безмолвной пустоте.

Временами я видел себя откуда-то сверху. Как будто бы скользил под потолком.

Избиение продолжалось, потом заканчивалось и спустя какое-то время начиналось заново. Меня били — в голову, в грудь, в живот, в пах. Мне выворачивали руки, тянули за волосы, выгибали хребет. Я терял сознание, потом снова приходил в него, чтобы через мгновение вновь потерять. И везде, в каждом уголке Вселенной, куда уносило меня мое забытье, я слышал тяжелое дыхание Тьмы. И не Лама теперь, а сама Тьма говорила мне: «Ты опоздал!»

— У ты, какой стал! — воскликнул майор, говоривший со мной этим утром. — Красавец! Глаз не видно, нос набок, губы разбиты! Хорош! Малад-ца! Ну что, хочешь жить?

Я отрицательно покачал головой.

— Да ладно тебе! — майор недоверчиво глянул в мою сторону. — Смотри, что я тебе принес.

Он достал из желтого пакета и вывалил передо мной кипу фотографий. Сквозь едва открывавшиеся глазные щели я увидел фотографии из того чеченского дела. Трупы.

— А вот это заявление родственников убитых, подписанное сегодняшним числом. Они обращаются в Генпрокуратуру, — он помахал перед моим лицом факсом.

Я плюнул кровью. Она растеклась по белой бумаге.

— Да, видать, с тобой сегодня не о чем больше разговаривать, — рассудил майор. — Ничего, завтра продолжим.

Дверь захлопнулась, и я облегченно вздохнул — настолько, насколько позволяли ноющие с обеих сторон ребра. «Сейчас я немножко приду в себя и повешусь на оконной решетке, на проводе от лампы», — эта мысль по-настоящему обрадовала меня. Я отключился.

Дрожь пробегала у меня по телу,
когда я слушал этот рассказ.
Данила странно улыбался и смотрел в ночь.
Ветер за окном гнул деревья,
слышались раскаты грома.
В доме напротив не горело ни одного окна.
И только люминесцентные лампы
лестничных клеток
рисовали во мраке над парадными
столбы слабого света.

Когда я очнулся, то сначала решил, что сам собою умер. Надо мной сидел Агван. Он тихо шептал какие-то молитвы, перебирал найденные мною когда-то четки и водил вдоль всего моего тела пучком сухой травы.

— Агван, — промычал я, — что ты здесь делаешь?! А ну, уходи немедленно!

В ответ на эту глупость мальчик улыбнулся, и его слезинка упала на мое лицо. Жестом он приказал мне сохранять молчание и закрыть глаза. Я повиновался, решив, что грежу.

Сквозь закрытые глаза я видел огонь, всполохи окружавшего меня огня. Пламя лизало мое тело, не обжигая, не причиняя боли, не оставляя следов.

— Все, вставай! — услышал я голос маленького монаха.

Глаза мои сами собой открылись, и я почти с легкостью встал с пола.

— Агван, мне это снится? — спросил я.

— Нет, не снится. Быстрей, у нас мало времени, — командовал маленький монах, вынимая из окна решетку.

— Как ты сюда попал?!

— Вот! — он показал мне выломанную решетку.

— Ничего себе!

— Данила, пожалуйста! Давай! — он протянул мне веревку, которая спускалась через окно с крыши здания.

— Ну ты даешь! — не веря происходящему, я подтянулся на веревке, пролез в окно и стал карабкаться вверх.

Агван последовал за мной. Мы прошли по крыше вдоль всего здания и использовали ту же веревку, чтобы спуститься вниз. Но тут нас заметили — кто-то внутри здания закричал и побежал к выходу. Агван был там первым. Когда дверь с грохотом отворилась, он сделал невинное лицо, протянул руку и легким движением положил охранника на землю. Мы отволокли тело в сторону. На мой удивленный взгляд Агван ответил:

— Ничего. Через пару часов он придет в себя.

И мы побежали.

Мое тело болело и ныло, но это почти не сковывало движения. Заговоры маленького монаха сделали свое дело. Впрочем, даже если бы оно и не двигалось, теперь бы я все равно заставил себя найти загадочного схимника. Единственным моим желанием в эту минуту было желание выполнить свое предназначение. А уж поздно или не поздно, опоздал я или нет — это меня больше не интересовало. Всегда есть выбор. Мне он стал понятен.

На дороге, ведущей из городка, Агван остановил машину и попросил водителя нас подвезти. Хозяин машины — крепкий сибирский мужик лет шестидесяти — не отказался:

— Залезайте! Не куковать же вам тут всю ночь!

Мы устроились на заднем сидении автомобиля. И я чувствовал, как счастье распирает меня изнутри. Случилось невозможное, то, о чем я еще пару часов назад не мог и мечтать! А главное — цель моего путешествия уже близко. Пару сотен километров на этой колымаге, и мы на месте!

— Кто это вас так? — поинтересовался водитель.

— Правду сказать или выдумать чего? — спросил я. — Выйдет заковыристо.

— Говори как есть. Мы, брат, на свободной земле живем — тут каторга, там ссылка, — он говорил весело, показывая рукой то направо, то налево от дороги. — Тут и староверы жили, и декабристы, и коммуняки сюда ссылали, кого не жалко.

— Попользовать меня хотели, дядя. Дети железного Феликса, слыхал про таких?

— А чего ж не слыхать, слыхал! Сам тут — из раскулаченных. Мамка в лагере меня родила, под Иркутском, — мужик мотнул головой, показывая куда-то назад.

— Вот и сейчас раскулачивают, — сухо резюмировал я. — Переделом собственности это дело у них называется...

— Э-эх, сукины дети! Все Сибирь делят! Но слабы они, нет у них силушки нашу землю заграбастать! Мы здесь люди свободные!

— Дядя, дядя... Эти возьмут.

Я замолчал, а дядька еще долго рассказывал о своей жизни. Как деда его раскулачивали под Оренбургом, как родителей посадили. Как отец его погиб на фронте по решению трибунала НКВД. Как мать заболела в лагере туберкулезом и умерла, а он мыкался по детдомам и интернатам. Потом дядька замолчал и стал напевать какую-то заунывную песню на неизвестном мне языке.

— Что это, Агван? — моему взору открылась удивительная картина.

Агван не ответил, он крепко спал у меня на плече, уткнувшись в него своей смуглой, бритой головой.

— Не знаешь? — ко мне обернулся довольный водитель. — Это, брат, озеро Байкал!

В лучах рассветного солнца, в розовой утренней дымке облаков словно бы на ладони лежало передо мной величественное озеро. С двух сторон его обступили высокие сопки, покрытые многовековым лесом. Огромные валуны лежали на песчаном берегу, словно бы диковинные морские звери. Мне хотелось кричать от счастья. Выскочить из машины и с сумасшедшим улюлюканьем бежать к берегу.

Вдруг Агван проснулся. Он выглядел встревоженным. Еще никогда я не видел его таким.

— Началось, — тихо прошептал маленький монах.

— Что с тобой?! Что началось, Агван?! — его испуг мгновенно передался и мне.

— Послушай меня, Данила, — мальчик обратился ко мне с серьезностью, на которую обычный ребенок просто не способен. — Это очень важно. Что бы дальше ни происходило, что бы ни случилось, пожалуйста, обещай мне: ты пойдешь дальше, ты дойдешь до того места, которое укажут тебе знаки, ты найдешь Схимника и сделаешь то, что он тебе скажет.

— Агван, конечно! Пожалуйста, только не тревожься так. Я все это сделаю. Мы вместе с тобой это сделаем! Правда, я теперь не отступлюсь. Ни за что! Верь мне, Агван! — сердце мое заколотилось, я хотел успокоить малыша, сделать все, чтобы он не тревожился и не переживал ни о чем.

За это время Агван стал мне родным братом. Вообще-то я не сентиментален, особенно после войны. Но этот мальчик вызывал во мне всю силу возможных положительных чувств — от нежности до восхищения. И даже если бы у меня не было никаких причин идти куда-либо, и только он попросил, я, не задумываясь, сделал бы это. Чего бы это мне ни стоило.

— Помни, ты обещал, — сказал Агван и посмотрел на меня с теплотой и какой-то странной, загадочной болью.

Сразу вслед за этим откуда-то сверху послышался странный шум. Это стало для меня неожиданностью, ведь мы ехали по совершенно пустой трассе. Кругом ни души! Я посмотрел в заднее стекло автомобиля и увидел, как к нам приближается вертолет. Он шел сначала сзади, но мы завернули за сопку, а потому он сделал вираж и стал заходить со стороны озера.

— Это по нашу душу? — спросил я Агвана шепотом.

— По нашу, — напряженно ответил он и уставился куда-то вперед.

На расстоянии полукилометра перед нами замаячил пункт ДПС. И было видно, что человек в форме уже вышел на дорогу, чтобы преградить нам путь.

— Дяденька, миленький, — маленький монах обратился к водителю. — Это нас ловят. Выручи!

Водитель повернулся к нам и внимательно посмотрел — сначала на Агвана, потом на меня, потом снова на Агвана. Выглядели мы колоритно — один битый, другой в разорванном монашеском балахоне.

— Помогите, правда! — попросил я.

— Э-эх! Была не была! — он махнул рукой, приосанился и прибавил газу. — Гляжу, хорошие вы ребята.

А хорошим людям — грех в помощи отказать.

Несмотря на свои благородные заверения, водитель вдруг стал резко тормозить перед гаишником. Я решил, что все, обманул нас дед и сейчас сдаст — тепленьких. Но я поспешил с выводами. Как оказалось, это был обманный маневр. Гаишник, решив, что мы останавливаемся, отошел на обочину. И тогда водитель выжал из своих старых жигулей все, на что они были способны. Машина взвыла и со свистом промчалась мимо поста ДПС.

— Ух! — воскликнул водитель. — Двум бедам не бывать, одной не миновать!

Я обернулся. Оторопевший гаишник кинулся к служебной машине и начал преследование. Уже через минуту он орал в свой мегафон: «Жигули красного цвета, приказываю вам остановиться. Приказываю вам остановиться!»

Наш водитель посмотрел в зеркало заднего вида:

— Да, попали мы, братцы!

— Нам бы с дороги съехать, чтобы с вертолета не достали! — попросил Агван.

— И этот вертолет за вами? — дядька, кажется, не верил своим ушам; он выдвинулся, чтобы посмотреть через переднее стекло вверх, и увиденное произвело на него сильное впечатление.

5*

— Свернем? — спросил я, формулируя свой вопрос в форме утверждения.

Чуть подальше справа от трассы в направлении горного массива уходила разбитая грунтовая дорога.

— А куда деваться?! — рапортовал дядька и повернул.

Сразу вслед за этим с вертолета раздались автоматные очереди.

— Батюшки-светы! — воскликнул наш спаситель.

— Еще чуть-чуть, дяденька! И мы прыгаем! — закричал Агван сквозь шум непрекращающейся стрельбы. — Спасибо вам!

Через пару секунд Агван открыл дверь и, делая мне знак следовать за ним, выпрыгнул из автомобиля. Я кубарем выкатился за ним. Глубокий овраг с покатым склоном и мягким мхом смягчил удар. Перед падением мне удалось сгруппироваться, так что я лишь слегка потянул ногу. Едва остановив свое падение, я начал звать маленького монаха:

— Агван! Агван! Где ты?!

— Я здесь, Данила, — послышалось откуда-то сверху, он уже выбрался из оврага. — Надо спешить!

Мы стали взбираться вверх по горе, чтобы скрыться в глухой части леса, подальше от дороги. Но для этого нам предстояло пересечь территорию, лишь слегка поросшую молодыми деревьями. Здесь нас и заметили. Вертолет зашел сбоку и начал прицельный огонь. Мы мчались, словно загнанные звери.

Вертолет сделал очередной вираж и снова вернулся. Автоматные очереди, словно лезвие бритвы, срезали верхушки небольших деревьев. И я вдруг понял, что мы не успеем добраться до планируемого укрытия. Эта машина сможет еще как минимум трижды зайти на огневую позицию. От нас мокрого места не останется!

Агван был чуть впереди, сверху. Вертолет приближался в очередной раз. И я увидел, что мальчик вдруг остановился, выпрямился во весь рост, повернулся спиной к склону горы и выставил вперед руки. Он оттопырил ладони, как если бы он держался за стену, закрыл глаза и что-то бубнил себе под нос. Автоматная очередь ложилась аккурат по этой линии.

— Агван! — заорал я. — Что ты делаешь?! Пригнись!

За долю секунды я преодолел разделявшие нас десять-пятнадцать метров. И как раз когда вертолет поравнялся с нами, я сбил мальчика с ног, закрыв своим телом. Вертолет как-то странно загудел, послышался треск ломающихся лопастей. Я посмотрел в ту сторону — вверх и налево. Машина, пропоротая верхушками деревьев, рухнула наземь и взорвалась.

— Агван! Мы победили! — орал я как сумасшедший и тряс его голову. — Агван, слышишь?! Мы победили! Что ты не отвечаешь?! Агван!!!

Мальчик не отвечал. Я вдруг подумал, что, может быть, слишком его придавил. В растерянности я поднялся на локтях и сместился в сторону. В районе груди на малиновом монашеском одеянии расползалось бордовое пятно крови.

— Агван!!! — глаза заволокло пеленой, рыдания душили меня. — Агван!!!

Вдруг мне показалось, что губы его шевельнулись.

— Агван, я здесь! Слышишь меня, я здесь! Все хорошо! Только не умирай, Агван! Слышишь, не умирай!

— Данила, — он смотрел на меня и лишь шелестел своими губами.

— Да, Агван! Да!

— Данила, не кричи так, — он слабо улыбнулся. — Я знал, что умру. Учитель предупредил меня об этом еще в храме, перед нашим отъездом. Ему было видение. Не печалься. Этого нельзя было изменить.

— Агван, но как?! Почему?! — это не укладывалось у меня в голове: он всю дорогу знал, что едет на верную смерть, и ни разу не обмолвился ни единым словом.

— Помни, что ты мне обещал, Данила. Что бы ни случилось, ты пойдешь дальше, ты дойдешь до того места, которое укажут тебе знаки, ты найдешь схимника и сделаешь то, что он тебе скажет.

— Агван, господи! Ну что же это такое! Господи! — я не мог сдержать душивших меня рыданий.

— Ты обещал мне...

— Я все сделаю, Агван! Я все сделаю, только не умирай! Пожалуйста, только не умирай!

Агван улыбнулся.

— А теперь... У тебя есть еще одно путешествие, — он захрипел. — Дай мне руку. Сейчас ты увидишь свое сердце, Данила.

Он взял мою руку и забормотал: «Ом Ман Падме Хум...»

Меня закрутило, словно в центрифуге. С безумной скоростью я то ли взлетал, то ли падал. Перед глазами мелькали огни, сводило руки и ноги, все тело билось в судороге. Вдруг удар, оглушающий хлопок, и я оказался внутри самого себя.

— Это твое сердце, Данила, — меня приветствовал голос Агвана. — Тысячи людей во всех частях света молятся сейчас о твоем выборе. Ты уже видел последствия своего выбора, ты видел сердце человека, который сделал неправильный выбор. Теперь ты смотришь на свое сердце. Запомни это, Данила. Это твой выбор. Он есть всегда.

Я стоял перед большим светло-желтым яйцом, внутри которого едва различался зародыш. Неведомой силой меня повлекло вперед. Я приближался, вглядываясь в очертания света, и, наконец, замер. Внутри яйца я увидел нежный, молодой бутон белого лотоса на тонкой изогнутой ножке.

— Скоро, скоро он откроется, — голос Агвана раздавался откуда-то совсем сверху, и с каждым словом становился все тише и тише. — Береги его, Данила... Береги... Прощай...

— Агван! — закричал я что было сил и очнулся.

Мальчик лежал на покатом склоне горы. Взгляд его широко открытых глаз уходил в небо. Он смотрел на восходящее Солнце. И, казалось, Солнце в эту секунду забирало к Себе его душу.

Я сидел здесь же, на горном склоне, раскачиваясь из стороны в сторону. Глаза Агвана потухли, и я закрыл их...

ЧАСТЬ ТРЕТЬЯ

Данила сидел передо мной
и бесцельно раскачивался из стороны в сторону.
Только сейчас я осознал,
какое красивое у него лицо —
высокий лоб с тонкими стрелами густых бровей,
большие, чуть утопленные,
почти синего цвета глаза
в окаймлении изогнутых ресниц,
прямой тонкий нос на фоне волевых скул
и чувственные губы
над сильным мужским подбородком.
Я засмотрелся на него,
словно на античную статую.

В заплечной сумке Агвана я нашел письмо. Прыгающий детский подчерк вывел для меня четкую инструкцию:

«Данила, посмотри карту на дне сумки. Сейчас ты находишься в месте, обозначенном черной точкой. Линия, прочерченная до красной точки — путь, который тебе нужно проделать за оставшиеся у тебя 12 часов. Это почти 50 километров по горам, поэтому, пожалуйста, оставь меня здесь. Ты будешь двигаться на Восток, тебе поможет компас. Если заблудишься — подкинь четки вверх, знак укажет тебе направление».

Внизу была приписка: «Данила, я благодарен тебе. И хотя ты смеялся надо мной, я любил и уважал тебя. Потому что ты не такой, каким хочешь казаться. У тебя внутри Белый Лотос. Я знаю это. Агван».

У меня тряслись руки, я плакал. Но мне не было ни стыдно, ни горько, ни страшно. Мне было больно. Ныло под самым сердцем. Не в силах совладать с собой, я просто взял Агвана на спину и пошел на Восток. Он хотел облегчить мой путь, просил оставить его на месте гибели. Но у нас так не делается...

Мне не впервой ходить по горам и пользоваться топографической картой. Я буду на месте и раньше назначенного времени. Это *мой* марш-бросок.

Тайга казалась бесконечной, меня то душили слезы отчаяния, то неистовая злоба. Дважды у горных ручьев я делал привалы и шел дальше.

По дороге я вспоминал пережитые мною видения — картины будущего мира, сердце человека, покрытое черными пятнами. Почему силы Тьмы одерживают над нами победу?

Я пытался представить себе образ Мары, царя Тьмы. Мысленно вглядывался в лицо раздосадованной Аглаи, искусственную улыбку хозяина Сибири, в гнусную мину майора «федеральной службы». Но, как я ни силился, как ни старался, передо мной были лишь эти лица, обычные человеческие лица.

Страдающие и тотально несчастные люди. Мне было их жалко. Они казались какими-то убогими, ущербными. Живут, мучаются, но так никогда и не скажут себе: «Я живу неправильно. Жить надо по-другому». Но что такое «по-другому»? Знают ли они, что это значит — «жить по-другому»? Знаю ли я об этом?..

«И хотя ты смеялся надо мной, я любил и уважал тебя. Потому что ты не такой, каким хочешь казаться. У тебя внутри Белый Лотос. Я знаю это».

Я вспомнил слова Агвана, и слезы снова выступили у меня на глазах. В этом все дело: мы не такие, какими хотим казаться. Мы вообще не такие, какие мы есть.

«Господи! — подумал я вдруг. — За какими же скрижалями я иду?! Я же просто ищу самого себя! Все говорили мне о моем предназначении. Но разве не в том предназначение человека, чтобы найти самого себя?!»

Тут я споткнулся, каменистая почва просела подо мной. Я упал и покатился по отвесному горному склону. Но страх потерять Агвана, позволить ему упасть и лежать там, в глубине горной расщелины, в этом забытом богом месте, придал мне силы. Я смог зацепиться за какое-то хиленькое деревце, торчавшее из скалы, прижал Агвана к себе и стал карабкаться.

Я обнял бездыханное тело друга и закричал. Передо мной, насколько хватало глаз, лежали горы. Они подхватили мой голос, и раскатистое эхо покатилось над их склонами.

Но не мой собственный голос и не его отражения, а слова Агвана звучали под грозными пурпурными небесами: «Что бы ни случилось, ты пойдешь дальше, ты дойдешь до того места, которое укажут тебе знаки, ты найдешь Схимника и сделаешь то, что он тебе скажет».

До сих пор я был лишь ведомым — слепцом с десятком сердобольных поводырей. Я просто следовал за людьми, которые указывали мне дорогу и настаивали на том, чтобы я шел дальше. Теперь я один на один с самим собой и не знаю себя. И никто в целом мире не знает себя и не видит выхода из тупика.

Скрижали! В них должен находиться ответ. Я и достану их, чего бы мне это ни стоило. И неважно — кто я, тот ли я, кто должен сделать это, или не тот. Я достану их!

Я встал, подхватил тело Агвана на руки и пошел дальше. Еще через час бросил четки, и они указали мне взять чуть правее. Я послушался знака и скоро вышел в долину, в центре которой возвышался темный храмовый свод буддийского монастыря. Собрав последние силы, я ускорил шаг.

Поднялся ветер, зловещие тучи, словно по команде, наглухо закрыли небо. Солнце скрылось, и тьма окружала меня. Зловещая, неосвещенная тень монастыря навевала дурные предчувствия. Неужели заброшен? Неужели пуст?! Невыразимая тоска объяла мое сердце. Я побежал.

Двери в храм оказались открытыми и скрипели, движимые порывами ветра. Секунду я раздумывал.

— Здесь есть кто живой?! — закричал я в безответную темноту храма, и в этот же миг все здание озарилось желто-красным светом.

Я стоял на пороге — обессилевший, в драной одежде, с запекшейся на теле кровью, держа на руках друга в багряном одеянии. Лампы высветили в алтаре храма гигантскую золотую статую Будды. Весь храм от края до края был полон молящимися.

Несколько секунд монахи удивленно переглядывались, потом загалдели: «Гэсэр! Белый Гэсэр! Светильники, смотрите, они горят! Багряный агнец! Северная Шамбала!» Они бросились ко мне. Я прижал тело Агвана к груди. Казалось, что еще мгновение — и эта толпа просто разорвет меня на части!

«Не может быть, они узнали во мне своего легендарного героя!»

— Господи, что вы делаете! Я не Гэсэр! Я не знаю никакой Шамбалы! — кричал я, чувствуя, как в одно и то же мгновение сотни рук касаются моего тела. — Прошу вас! Прошу вас, перестаньте!

Происходящее напоминало массовое помешательство. Как же некстати они решили сойти с ума! Меня подняли, понесли к алтарю, усадили в обитое бархатом кресло, повалились на пол и что-то запели своими тягучими голосами. Я положил Агвана у подножия статуи Будды и обратился к монахам:

— Прошу вас, перестаньте! Я не тот, за кого вы меня принимаете!

Но они и не думали меня слушать, продолжали молиться и отбивать ритуальные поклоны.

— Черт вас возьми, здесь есть хоть кто-нибудь в здравом рассудке?!

Наконец-то мои увещевания возымели силу. Откликнулся самый старый из монахов. Он отличался своим одеянием. Остальные носили красно-желтые монашеские костюмы, а этот старик был одет в простой, выцветший, бывший когда-то коричневым, халат.

— Гэсэр, чем мы не угодили Тебе? Монахи поют молитву в Твою честь, — лицо старика выглядело испуганным.

— Спасибо, спасибо! Но я не Гэсэр...

Старик только хитро улыбнулся. Я совсем растерялся. Придется им подыгрывать.

— Послушайте, мне нужна ваша помощь, — я сделал заговорщицкое лицо, и это подействовало.

— Мы в Твоем распоряжении, Гэсэр! — с готовностью рапортовал старый монах.

Он сделал знак, все смолкли. И теперь только скрип двери да шум ветра, бьющегося о крышу храма, сопровождали мои слова.

— Знаете ли вы, что близится Конец Времен?! — крикнул я.

— Да, Гэсэр! Мы ждали его этой ночью. Но Ты пришел. Избавление рядом! — кричали монахи, на их лицах читался восторг и надежда.

— Я пришел, но у меня нет Ключей Спасения! Кто скажет мне, где живет Схимник? У него возьму я Ключи!

Среди монахов снова началось какое-то брожение. Видимо, они никак не ожидали, что Ключи Спасения находятся у Схимника. Более того, им это явно не понравилось. В какой-то момент я даже сам засомневался. А почему у Схимника? Почему они ничего толком не знают? Но я взял себя в руки.

— Это в Долине Скорби, — услышал я смущенный голос юного монаха. — Так называл это место Схимник. Я могу провести...

— Мы идем за Ключами Спасения! — провозгласил я.

Старый монах посмотрел на юношу с недоверием и озабоченностью, но отдал команду всем остальным собираться в дорогу.

Я занервничал. У нас осталось, в лучшем случае, пара часов.

— Мы пойдем одни! — закричал я.

— Гэсэр, мы должны идти с Тобой! — старый монах схватил меня за руку. — Мы должны идти с Тобой!

— Но у нас совсем нет времени! Одни мы доберемся быстрее!

— Я готовил своих учеников тридцать лет, они — истинные воины Шамбалы! — слова его звучали надрывно. — Тридцать лет мы ждали этого дня! Мы нужны Тебе, Гэсэр!

Мне пришлось согласиться. Впрочем, монахи не заставили себя ждать. Через несколько минут они уже стояли перед храмом, выстроившись в две колонны. Зрелище было фантастическим, оно завораживало. Черное небо под неослабевающим ветром, погруженная во мрак долина, спрятавшаяся между гор, и монахи в своих желто-красных одеждах, стоящие, как на параде. Через одного они держали в руках или оранжевые фонари, поднятые на жердях, или ритуальные барабаны.

— А барабаны-то зачем? — удивился я.

Старик-Учитель почтительно склонился передо мной и, не поднимая глаз, ответил:

— Мы будем отгонять злых духов, Гэсэр!

— Ну как знаете. Если в этом есть необходимость...

Светящейся лентой под систовый бой барабанов мы двигались по долине, потом вошли в лес и стали подниматься в гору. Юный монах, вызвавшийся быть моим провожатым, шел рядом, впереди колонны.

— Как тебя зовут? — спросил я юношу.

— Даши, Гэсэр.

— Даши, я не Гэсэр. Меня зовут Данила, и я ищу Скрижали, — я решил говорить с ним начистоту. — Ты что-нибудь слышал о них?

Юноша отрицательно покачал головой.

— Хорошо, зайду с другого конца. Когда я выезжал из Петербурга, меня напутствовал Лама нашего буддийского монастыря...

Тут я увидел, что Даши очень обрадовался.

— Ты его знаешь?

— Да, знаю, — коротко ответил Даши и улыбнулся.

— Так вот, он мне сказал, что у вас здесь с этими схимниками давние и хорошие отношения. Но я что-то не почувствовал...

Даши говорил уклончиво. Но мне было важно понять, с чем связано это напряжение. Почему монахи, вопреки обещаниям Ламы, не хотели вести меня к Схимнику? Если бы не Даши, то я бы, наверное, так и сидел сейчас в буддийском монастыре, изображая из себя Гэсэра!

С горем пополам я выяснил у юноши некоторые подробности. Байкал, как оказалось, очень религиозное место. Здесь, кроме буддистов, есть исконные шаманы-язычники, много староверов, православные и схимники. О схимниках, впрочем, известно мало — все больше по легендам да рассказам. Кто-то говорит, что живут они по двести-триста лет в далекой тайге. Кто-то, — что Схимник и вовсе один, а меняются они не чаще, чем раз в сто лет.

До недавнего времени представители всех байкальских конфессий жили мирно. Напряжение возникло, когда в одном из буддийских монастырей появился Схимник и предупредил монахов о приближении Конца Времен. Поначалу его даже и слушать не стали. Но потом пришли известия от шаманов. На священном для них острове Ольхон, что в центре Байкала, духи предупредили их о том же несчастье.

Тогда Ламы буддийских монастырей собрались вместе и медитировали. Много загадочных знаков дано было буддистам за последние семь лет. Теперь же в них открылось пророчество о великой беде.

Казалось бы, все это должно было послужить объединению религиозных общин. Но случилось иначе. Все рассорились, и не на шутку. Схимник говорил, что придет Избранник. Шаманы говорили, что спасения нет. Буддисты решили, что Избранник — это Гэсэр. Схимник обвинил всех в том, что они пособники Сатаны, буддисты объявили Схимника воплощением Мары. Дело чуть было не дошло до смертоубийства. Ну и, разумеется, всем буддийским монахам строжайшим образом запретили общаться со Схимником.

Даши что-то недоговаривал, но добиться от него правды было нельзя.

— А ты-то сам что думаешь? — спросил я Даши.

— Я приехал сюда семь лет назад. Не думал, что такое может случиться, — уклончиво ответил юноша. — Меня иначе учили. Мне говорили, что есть разные имена, но есть одна суть. Меня учили еще, что Свет у каждого человека внутри, и только он сам не позволяет ему выйти. Этому я не верил. Я думал, что Свет нужно искать, и я поехал искать...

— Понятно. Но сам ты Схимника видел?

— Да, видел, — ответил Даши и замолчал.

— И что он тебе говорил?

— Что и всем, что грядет Конец Времен, что он ищет Избранника.

— А зачем ищет, не говорил?!

— Нет, — уверенно ответил Даши. — Не говорил.

Наша беседа прервалась. По всему было видно, что мои вопросы вызывали у юноши страх. Вместо помощников я встретил здесь религиозный конфликт. Они ломают копья, решая, чей Мессия спасет мирозданье! Что ж, я остался один на один со своим предназначением. Очень хорошо! Конец Времен!

Время шло, тропа бесконечно петляла, тянулась то вверх, то вниз, то по равнине, то через горы. В который уже раз за этот вечер я взглянул на часы. Срок, названный мне Агваном, уже давно миновал. Я напряженно вслушивался в ночную тишину и вглядывался в небо, пытаясь понять, что же мне теперь делать.

Но ожидаемое известие, как это водится, пришло оттуда, откуда никто не ждал его получить. Странный щиплющий запах коснулся моих ноздрей. Где-то совсем рядом с нами горела тайга! Ужас объял меня — мы не успеем!

— Надо бежать! Быстрее! — закричал я и бросился вверх по склону.

Даши последовал за мной. Монахи, шедшие сзади колонной, какое-то время пытались держать взятый нами темп, но скоро отстали. Дорога становилась все круче, мелкие камушки, покрывавшие горную тропу, проскальзывали под ногами. Я машинально считал секунды. Оступался, падал, снова вставал и продолжал бежать дальше.

Пот лил с меня градом, жар распирал изнутри. Но когда мы достигли вершины и я увидел открывшуюся нам сверху Долину Скорби, леденящий холод коснулся моего сердца. Я физически ощущал, что оно леденеет. Его словно бы опускали в жидкий азот.

Бушующее огненное зарево пожирало Долину Скорби. И это был не просто огонь, не рядовой пожар из тех, что часто случаются в этих местах. Это было поле битвы. Огонь предстал нам гигантским, бесчинствующим живым существом.

Изогнутые столбы пламени взметались к небу и казались оскаленными ртами многоголового зверя. Невероятный шум — треск, взрывы, грохот — были гласом дикого хищника, членящего свою добычу.

К тому моменту, когда мы оказались на горной вершине, вся долина уже была выедена дотла, и теперь огонь расходился двумя мощными отрогами в стороны. Складывалось ощущение, что пламя сознательно берет нас в кольцо.

Оно окружало гору, на которой мы находились, и с безумной скоростью поднималось вверх по ее склонам. Деревья вспыхивали, как спички. Пламя разливалось огнедышащей лавой. Этот зверь жаждал нашей крови.

— Конец Времен! Огненный гнев! Мара! Погибель! — монахов, оказавшихся в этот момент на вершине горы, охватила паника.

Мое сердце снова заколотилось с неистовой силой. Но отчаяние окружающих лишь мобилизовало меня. Надо было брать Даши и спасаться. Он знает больше, чем говорит. И даже если Скрижали погибли в долине, мы все равно можем еще найти Схимника. Пока не все потеряно.

— Даши, надо бежать!

Но юноша не отвечал. Словно вкопанный, он стоял на месте и смотрел на бушующий огонь обезумевшими от страха глазами. Пламя, казалось, говорило с ним. Жало смерти впилось в его живое еще сердце. Тьма жадно втягивала его невинную молодую душу. Сила огня парализовала его волю и сковала тело. Только губы нервно дрожали. Он то ли просил о пощаде, то ли принимал посвящение, то ли читал последнюю в своей жизни молитву.

— Ты не Гэсэр, Ты воин погибели! — услышал я прямо над своим ухом и обернулся.

Старый монах в коричневом одеянии стоял у меня за спиной. Он вооружился палкой от фонаря и уже занес ее надо мой, как копье. Я едва увернулся от удара, но лишь выиграл тем самым время.

—Убейте его! Убейте! — кричал упавший старик, призывая свою ошалевшую от ужаса братию разделаться со мной.

Медлить было нельзя. Еще мгновение, и окружавшие меня со всех сторон «воины Шамбалы» прекратили бы мое земное существование. Я схватил Даши за шиворот, он упал как подкошенный, и я поволок его за собой. Несколько метров, и мы покатились вниз по горному склону.

Пожар тем временем разрастался. Стало светло, как днем. Сейчас мы или сгорим, или задохнемся. Спасительная горная речка приняла нас внизу горного склона.

Я шел вброд в бурном потоке, как бурлак волоча за собой Даши. К счастью, холодная вода быстро привела его в чувства.

— Даши, ты слышишь меня?! Даши! Приходи же в себя!

— Что тебе от меня надо?! Что тебе надо?! — заорал он, очнувшись от летаргии своего страха.

— Послушай меня, Даши, — я остановился прямо поперек речного потока. — Еще ничего не пропало. Слышишь меня, ничего не пропало! Не может быть! Слышишь меня — не может быть!

— Кто ты?! Скажи мне, кто ты?! — лепетал юноша.

— А ты кто?!! — закричал я так, что сам чуть было ни оглох от собственного крика; это подействовало, Даши смог зафиксировать свой блуждающий взгляд. — Слушай, мне надо знать, где может быть Схимник. Это очень важно!

— Я не знаю, не знаю...

— А ну прекрати это! Прекрати немедленно! Ты обязан знать! Он говорил тебе, говорил!

— Я не должен был с ним разговаривать... Я не должен... — он выглядел как испуганный трехлетний ребенок.

— Даши, не бойся меня, пожалуйста. Я не знаю твоей религии. Я не понимаю, кто такой Гэсэр и что такое Северная Шамбала. Я и о Южной-то Шамбале никогда не слышал! Но когда я ехал сюда, я познакомился с двумя стариками. И они говорили мне, что нет Востока и нет Запада, нет разных вер и разных религий, но есть одна борьба — борьба между Светом и Тьмой. И этот бой идет внутри человека, каждый из нас — это поле сражения. И я поверил в это. Ты слышишь меня, Даши! Я поверил в это!

Даши переменился в лице и смотрел на меня с каким-то странным, непонятным мне удивлением. Неужели он окончательно сошел с ума?!

— Я слышу, слышу... — пробормотал он.

— Так вот, я не понимаю, почему ты не должен был разговаривать со Схимником! Я не хочу этого понимать! И я знаю, что если в тебе есть хоть капля здравого рассудка, то ты не мог не поговорить с человеком, который, так же, как и ты, хочет победить в этой борьбе. Кто, так же, как и ты, хочет жить! Поэтому скажи мне все, что ты знаешь, Даши! Скажи мне это!

— Как их звали? — прошептал юный монах.

— Кого? — я не понял его вопроса.

— Их... — Даши едва шевелил губами и махал рукой куда-то в сторону.

— Кого — их? Стариков?

— Да, да!

— Эту замечательную женщину, Даши, буддистку, но без всех этих твоих глупостей и прибабахов, зовут Ользе! — я орал, как заведенный, четко проговаривая каждое слово. — А ее мужа, тоже замечательного, кстати сказать, человека, который рассказывал мне о Платоне и Небесном Своде, зовут Сергей Константинович. Но...

Я не успел закончить свою мысль, потому что Даши разрыдался, как малолетний ребенок. Он держался за мою рваную рубаху, прижимался к моей груди и издавал жалобные нечленораздельные звуки. Я посмотрел вокруг, на пылающий лес, на воду, которая все это время пыталась сбить меня с ног, и понял: никакого проку от Даши не будет. Гиблое дело.

— Даши, привет! Ты в своем уме?! — мне вдруг захотелось со всей силы треснуть его по голове.

— Они простили меня... Они простили меня... Они едут ко мне...

В моей голове один пласт сознания наехал на другой. Я смотрел то на Даши, то куда-то в пустоту и не мог понять. Вспомнились вдруг его слова: «Меня учили, что Свет у каждого человека внутри, и только он сам не позволяет ему выйти. Этому я не верил. Я думал, что Свет нужно искать, и я поехал искать...» А потом я вспомнил слова Ользе: «Теперь одни остались. Дочка умерла в родах, оставила нам мальчонку. А он вырос да уехал. При буддийском монастыре живет, надо повидать, попрощаться». *Он их внук?!*

— Сукин ты сын! — заорал я. — Ты на кого стариков бросил?! Совсем рехнулся?! Ты чего поехал искать?! Света?! Просветления?!

И я все-таки вкатил ему оплеуху. Мне вдруг стало так обидно за двух стариков, которые воспитали эдакого балбеса, а он взял и вот так бросил их. Поехал, видите ли, искать чего-то где-то! В общем, я треснул его и, осознав через это всю глупость происходящего, расхохотался.

Впрочем, моя затрещина оказался целительной и для Даши. Он посмотрел на меня счастливыми заплаканными глазами и встал, наконец, на ноги. До этого он болтался в водном потоке у меня на руках. Я не верил своим глазам. Во всем этом ужасе, грохоте, невыносимой жаре и удушливой гари он светился от счастья.

Огонь продолжал наступать. Берега реки горели, как китайская пиротехника.

— Даши, если мы сейчас же не уберемся отсюда, то все эти наши прозрения и дебаты уже не будут иметь никакого смысла!

— Надо бежать! — ответил Даши и бросился вперед.

— Мы хоть туда бежим?! — спросил его я, пока мы скакали по пояс в воде.

— Здесь любая река ведет к Байкалу! — ответил Даши, пытаясь перекричать шум горящего леса.

— Мне надо, чтобы любая река здесь вела к Схимнику!

— На берегу Байкала есть одна скала, — кричал Даши, едва переводя дыхание. — Схимник называл ее Последнее Пристанище. Если он жив, то он должен быть там!

Что ж, оставалось только бежать, а затем плыть. Ощущение было ужасное — вода ледяная, а вокруг нестерпимая жара. И поэтому как только мы вырвались из зоны пожара, то сразу же помчались вдоль берега.

Я не чувствовал ни своих ног, ни своего тела. Мое сознание сузилось до предельной точки, и единственное желание жило во мне — желание найти Схимника. Поэтому я просто бежал, точнее, переставлял ноги. Иногда я вслушивался в звучащее рядом дыхание Даши, и это придавало мне силы.

Мы проделали путь длиною в три или, может быть, четыре часа. Однажды мы остановились, чтобы взглянуть на оставшееся позади зарево, и продолжили бег. Странно, но я был уверен, что все идет правильно — своим ходом и в нужном направлении. Хотя где-то глубоко внутри меня уже зрел приступ отчаяния.

Где гарантия, что попытка найти Схимника имеет теперь хоть какой-то смысл? Никаких гарантий. Если я не смог найти его раньше, стоит ли искать его теперь? Конечно, я не Гэсэр и не Избранник. Я обычный парень, которого угораздило оказаться в водовороте этих событий.

Я делаю то, что могу. У Избранника получилось бы лучше. Это точно. Он поднялся бы в небо, перелетел бы через горы и достиг нужного ему места, причем вовремя. И никому бы не пришлось его уговаривать. Никто бы не говорил ему: «Ты должен! Ты себе не принадлежишь! Сделай то, что предначертано Судьбой!» Он бы все это делал сам.

Если Избранника подталкивают, вынуждают следовать Пути, это не Избранник, а простой человек, один из шести миллиардов. А парень с такой дурацкой жизненной историей, как у меня — и Избранник — это и вовсе же смешно! Не может быть...

— Теперь на Север! — крикнул Даши, когда мы выбежали к берегу Байкала.

— Нет, все. Не могу больше. Все... — ноги ослушались меня, подогнулись, и я повалился наземь.

— Данила, ты что?! Вставай! Осталось совсем чуть-чуть! Вон, видишь, там поворот, за ним будет бухта и скала Последнее Пристанище! — Даши тянул меня за руку и указывал дорогу.

Я посмотрел на это «чуть-чуть», и мне стало совсем плохо. Физически плохо. У меня началась рвота, мушки летали перед глазами, голова кружилась и раскалывалась на части.

— Я не могу, Даши. Я не могу...

— Просто ты наглотался дыма. Ничего страшного! Давай, соберись с силами... — уговаривал меня юный монах.

Мне стало смешно. «Соберись с силами».

— Даши, ты что, смеешься надо мной? С чем собраться?! Я же не волшебник. Все, кончились силы. Последние три дня... — меня снова стало мутить.

— Данила, ты должен! — закричал Даши.

Я расхохотался:

— Вот видишь! Если бы я был Избранником или Гэсэром, разве бы ты говорил мне: «Ты должен»?

— Данила, миленький, давай! — взмолился Даши. — Я не сказал тебе всей правды. Я ослушался своего Учителя и дважды встречался со Схимником. Один раз он сказал мне, что отправляется на поиски Избранника, что должен ехать куда-то на Запад. Во время второй встречи он сказал, что один примет бой с силами Тьмы. Но если все-таки я встречу тебя, я должен буду тебе помочь.

Я ему не верил, Данила. Мой Учитель говорил, что белый Гэсэр придет и откроет нам священную тайну — знание, сила которого спасет Мир. Я думал, что все так просто. Но когда просто — это чудо, а чудес не бывает. Нет никакого белого Гэсэра. Есть я и ты, а там скала, и там Схимник. А больше ничего нет. Слышишь, Данила?! Пожалуйста, надо идти!

Но я сидел на песчаном берегу и не мог пошевелиться. Под темным предрассветным небом воды Байкала казалась почти черными. Холодные волны накатывали на берег, полируя темные и светлые камушки.

— Даши, ты все правильно говоришь. Только я не успел к сроку. Я старался, правда. Но я не успел. На меня возлагались надежды, но я не оправдал их. Агван, которого я принес в твой храм, отдал за это жизнь. Он был лучшим из всех, кого я когда-либо встречал. Он был лучшим... И я опоздал. Я не смог.

Время вышло. Я думаю, Схимник уже ничем не сможет нам помочь, даже если мы найдем его. Поздно. Я зря втянул тебя в это дело. Мир невозможно изменить. Мы должны трудиться для этого, но сейчас все трудятся для другого. Никто никому не верит. Никто ничего не знает. Все это пустое, Даши. Все пустое... Что мы ищем? Зачем? Я запутался...

— Знаешь, — заговорил Даши после минуты тяжелого молчания, — я очень любил бабушку с дедушкой. И я очень боялся, что они когда-нибудь умрут. Они не боялись. Они верили в перерождение душ. В то, что мы проживаем одну жизнь за другой, совершенствуя свою природу. Они рассказывали мне об этом, а я думал об их смерти. И эти мысли сводили меня с ума.

Тогда я решил, что уйду от них. Что поеду в буддийский монастырь и не вернусь, пока не постигну того, о чем они мне рассказывали. Семь лет я слушал Учителя, практиковал медитацию, выполнял все, что мне говорили. Но с каждым годом я чувствовал, что лишь топчусь на одном месте.

Сначала я думал, что со временем все наладится. Что я просто чего-то не понимаю. Потом я хотел вернуться домой, к ним, к тем, кого я люблю. Еще через пару лет мне стало стыдно и больно, я испугался, что теперь они не примут меня. Но вот появляешься ты и говоришь мне: они ищут тебя, они соскучились по тебе и ни в чем не винят.

Все, что мы делаем в этой жизни, мы делаем для кого-то. Мы должны трудиться для тех, кто нам дорог. Вот в чем смысл. И я понял это только сегодня.

И снова в своем сердце я услышал слова Агвана: «Что бы дальше ни происходило, что бы ни случилось, пожалуйста, обещай мне: ты пойдешь дальше, ты дойдешь до того места, которое укажут тебе знаки, ты найдешь Схимника и сделаешь то, что он тебе скажет».

— Пойдем, — сказал я.

Мы поднялись и, поддерживая друг друга, пошли туда, где должна была быть скала со странным названием — Последнее Пристанище.

Тут Данила встал
и расправил свои широкие плечи.
«Давай прогуляемся, — сказал он. —
Дорасскажу по дороге».
Мы шли по городской окраине в направлении леса.
Поднялись на холм, обогнули старую,
полуразрушенную церковь
и вышли на смотровую площадку позади нее.
Отсюда открывался прекрасный вид
на реку и спящий город.
Я слушал предрассветную тишину и голос Данилы.

Я увидел эту скалу сразу, как только мы подошли к бухте. Словно высокая сторожевая башня из белого камня, она парила над поверхностью озера. И силы вернулись ко мне, ноги сами понесли вперед. С каждым шагом я чувствовал, что приближаюсь к разгадке величайшей тайны, к чему-то необыкновенно важному и значительному. Даши едва поспевал за мной.

— А где он может быть? — я недоуменно посмотрел на своего спутника.

Скала Последнее Пристанище не имела никаких расщелин или полостей. Я обошел ее вокруг по земле несколько раз, но все без толку. Вершина просматривалась, и было видно, что она пуста. Тогда я вошел в холодную воду и проплыл вдоль скалы со стороны озера. Ничего.

— Даши, Схимник что-то еще тебе говорил. А ну давай, вспоминай, — я настаивал, юноша должен был знать что-то еще.

— Да нет, ничего он больше не говорил... — Даши стоял под скалой растерянный и потрясенный.

— Тут должен быть какой-то фокус... Вспоминай! Может быть, что-то странное? Что-то, что ты тогда не понял?

— Нет, вроде бы, ничего. Хотя, — тут он задумался. — Он говорил что-то про воду...

— Про воду? Что?! — мне показалось, что разгадка близко.

— «Он придет в воду»... Или нет, «он уйдет от огня»... Нет, «найдет камень»...

— Черт, Даши, соображай же! — я схватил его за плечи. — Надо вспомнить! Вспоминай — когда он это говорил?!

— Это было во время второй нашей встречи, — Даши напрягался и морщил лоб. — Схимник был на взводе, что-то тараторил без умолку. Говорил про Антихриста, что все пропало, ничего не спасти...

— Ну, ну! Даши! — я тряс его так, что, казалось, выбью из него душу.

— «Он уйдет от огня, поймет»... Нет, не «поймет». «Он уйдет от огня, познает небо». Да! «Познает небо, даст воде тело, чтобы открыть камень». Да! Точно!

— Подожди, — я сосредоточился, чтобы ничего не упустить. — Значит, так: «Он уйдет от огня, познает небо, даст воде тело и откроет камень». Правильно?

— Да, да! — улыбался Даши.

— Но что это значит? «Он уйдет от огня...» — я задумался, машинально повторяя слова этого не то заклинания, не то пророчества. — Даши, есть идеи?

— Ну, уйти от огня... Может быть, это пожар?

— Пожар! Да! «Познает небо, даст воде тело»... — тут мой взгляд скользнул по скале. — Да!

Я отпустил Даши и стал быстро взбираться вверх.

— Данила, ты что? Ты что задумал?! — кричал Даши снизу.

Но он уже и сам все понял. Таинственный ребус складывался: мы ушли от «огня», а нам надо «открыть камень». Остается «познать небо» и «дать воде тело»! Я стоял на вершине скалы, раскинув руки в стороны, и смотрел вперед. Передо мной было небо, а внизу вода. Прыгнуть!

— Данила, не делай этого! Здесь не меньше пятнадцати метров! Не делай этого, ты разобьешься! — кричал Даши.

А во мне не было страха. Я прошел весь свой путь, дошел до самого его конца и сейчас сделаю то, о чем просил Схимник. Свет согревал меня изнутри. Я сделал два шага назад, потом вперед, оттолкнулся и полетел.

Секунды полета. Удар о воду. Нестерпимая боль в плечах. Темнота.

— Данила, Данила! — Даши беспомощно бегал по берегу и звал меня. — Данила!

Я слышал его голос, как если бы он кричал мне в длинную трубу с другого ее конца. Вода удерживала меня на поверхности, я стал перебирать руками и медленно приблизился к берегу. Голова кружилась, кожу жгло, плечи сковало от боли.

Чуда не произошло. А я ждал чуда. Мне казалось, что стоит выполнить все указания, и тогда загадка решится. Ничего не решилось. Я не был разочарован, я похоронил надежду. Что ж, все правильно. Это может только Мессия.

— Мне надо было сильнее оттолкнуться... — я, держась за грудную клетку, снова стал карабкаться вверх.

— Данила, ты что?! Не смей делать этого! Не смей! — Даши пытался остановить меня.

Но я забрался на вершину скалы во второй раз. Посмотрел вниз. На сей раз голова у меня закружилась. Тело сопротивлялось, не слушалось, не хотело прыгать. Но я взял себя в руки, повторяя как заклинание: «Он уйдет от огня, познает небо, даст воде тело и откроет камень».

Я отошел от края скалы, насколько это было возможно, разбежался и прыгнул.

— Нет, Данила! Нет! — услышал я в последнюю секунду крики Даши.

Удар о воду оглушил меня. Бурление. Темнота.

— Данила! — кричал Даши, пытаясь привести меня в чувство.

— Ничего не получается, Даши. Ничего...

— Я неправильно сказал! Прости меня, прости! Я неправильно сказал!

— Что?..

— Схимник... «Камень»... Неправильно, — Даши плакал и запинался. — «Возьмет камень, чтобы открыть землю».

— Ничего не понял...

— «Он уйдет от огня, познает небо, даст воде тело, возьмет камень и откроет землю»! — оттарабанил юный монах, глотая слезы.

— «Возьмет камень и откроет землю»? — я еще раз посмотрел на скалу, это не укладывалось у меня в голове. — Какую землю, Даши?!

— Не знаю, не знаю... — голос юного монаха стал пропадать.

На мгновение я отключился и увидел Агвана. Он стоял передо мной — смешной, лысый, в монашеской одежде, которая, как и обычно, была ему велика. Он улыбался во весь рот, его глаза лучились светом, он протянул ко мне руки и сказал: «Ты пойдешь дальше, ты дойдешь до того места, которое укажут тебе знаки, ты найдешь Схимника и сделаешь то, что он тебе скажет».

— Как ты сказал?! — я пришел в себя. — «Возьмет камень и откроет землю»?

— Да, да! — повторял Даши.

Я посмотрел вокруг, на воду, на небо, на вершину скалы...

— Надо взять камень, — сказал я и снова полез в гору, чтобы прыгнуть с нее в третий раз.

На вершине скалы отыскался камень в пуд весом. Я сел и долго смотрел на него. Мне предстояло прыгать с этим камнем. Возможно, это конец. Возможно, он меня убьет. Возможно, я и сам убьюсь. Желания умирать у меня не было, но я должен был довести начатое до конца. Я обещал Агвану и сделаю это.

Солнечные лучи показались из-за горизонта. Красивое, жизнерадостное солнце... Я попрощался с ним, поднял камень, прижал его к груди, разбежался и прыгнул.

Ужас объял меня во время полета. Гладь озера распахнулась передо мной с жутким треском. Камень не стал в воде легче, напротив, он казался теперь намного тяжелее. Я уходил все глубже и глубже под воду. Казалось, этому не будет конца. Тело не слушалось, мне не хватало воздуха. Но я прижал к себе камень и решил, что ни за что не разомкну рук.

Непроглядная темнота вокруг. Я перестал понимать — реальность это или видение, последствие потери сознания. «Это не имеет значения», — услышал я внутри своей головы голос Агвана. Не имеет значения, подумалось вслед за этим, и только после этого я окончательно отдался на милость стихии.

Странное дело, но вдруг я увидел свет. Да, я опускался все глубже и глубже под воду, но становилось светлее. Промелькнула шальная мысль: «Не может быть! Я, наверное, умер» И тут я выпустил камень, устремившись в направлении светлого пятна. Поднырнул под кромку скалы и оказался внутри какого-то колодца. Свет шел сверху. Нашел!

Я отчаянно заработал ногами. Считанные секунды, и я вынырнул на поверхность. Где я оказался? Какой-то грот. Здесь было светло и сухо. Я вылез из воды и, не имея сил, лег на каменный пол пещеры. Пусто. Но я на месте! Путь завершен! Я испытал уже забытое мною чувство покоя, облегченно вздохнул и закрыл глаза. Надо прийти в себя.

Что-то твердое ткнулось мне в грудь. От неожиданности я вскрикнул. Надо мой возвышался человек, его тяжелый деревянный посох придавливал меня к полу. Это был пожилой мужчина или даже старик, но не седой, высокий, с черной косматой бородой, длинными волосами, в монашеском головном уборе и черной рясе до самого пола. Под его густыми бровями прятались глубоко посаженные глаза. Большой крючковатый нос и грубые скулы делали его вид необычайно грозным. Схимник!

— Кто ты? — спросил Схимник.

— Я тот, кого ты искал, — он не давал мне встать, поэтому мне пришлось отвечать прямо с пола.

— Откуда ты знаешь, кого я искал? — ненависть блеснула в его глазах.

На мгновение я растерялся, не знал, что ответить. Осталось только повторить сказанное:

— Я тот, кого ты искал, Схимник.

— Ты не пришел, когда я искал тебя. Ты не тот, кого я искал, — его голос стал металлическим.

Гнев и отчаяние объяли меня:

— Может быть, я и не тот, кого ты искал. Но я проделал большой путь, и, можешь мне поверить, он был непрост. Я хотел помочь тебе.

— Мне не нужна твоя помощь, — ответил Схимник. — Чего ты хочешь?

— Скрижали, — я еще больше насторожился.

— Они еще не у тебя? — он отнял свой посох, повернулся ко мне вполоборота и прищурил глаза.

Я сел и встряхнул голову. Что происходит?!

— Откуда?! Ты не давал их мне.

— А разве ты не взял их сам? — и снова в его глазах читалась ненависть.

— Зачем бы я тогда искал тебя?

— Не думаю, что это было трудно... — он отвернулся и пошел вглубь грота. — Я не удивлен твоим появлением.

— Постой! Куда ты?! Что это значит?! — крикнул я ему вслед.

Ответа не последовало. Я вскочил и побежал вслед за Схимником. Впрочем, преследование было недолгим. Уже в следующий миг я оказался в гигантском гроте, куда большем, чем первый. Схимник стоял у дальней стены и снимал цепь с какого-то гигантского рычага.

— Тебе мало того, что ты выкрал Священные Скрижали! — кричал Схимник, заглушая эхо пещеры. — Тебе мало того, что ты уничтожил саму надежду на спасение Мира! Тебе нужно большее! Ты хочешь прочесть их, чтобы утвердить свою власть! Но Зло никогда не прочтет их! Никогда!

— Господи, да за кого ты меня принимаешь?!

— Не пытайся втереться в доверие к чистому сердцем! Ты меня не обманешь! И я не буду тебе помогать!

«Да он сумасшедший! Потерял скрижали и тронулся умом! — мысли мчались в моей голове бешеным галопом. — Не смог отстоять их, и теперь, верно, думает, что я — само Зло, явившееся за расшифровкой. Господи, он сошел с ума!»

— Только чистое сердце может прочесть их! Только чистое сердце! Но оставь надежду! Мое сердце не дастся тебе живым, а других ты не увидишь! Никогда! — кричал Схимник.

— Успокойся! Ради всего святого, успокойся!

— Сейчас мы успокоимся оба! — говоря это, Схимник отпустил свой рычаг. — Я заманил тебя в ловушку! Ты ненасытен, и в этом твоя погибель! Господи, всемилостивый и милосердный, дай силы мне остановить Антихриста!

Камни, составляющие стену пещеры, пришли в движение и поползли вниз. От града булыжников дрожал пол, ходили ходуном своды пещеры. Неимоверный скрежет извещал о том, что сейчас эта скала превратится в новый могильный курган. Первым погиб Схимник.

Последнее Пристанище!

Что-то переменилось во мне. Не знаю, что это было — спокойствие обреченного, приговоренного к смерти или же, напротив, бесстрашие сильного. Но я перестал бояться, мучиться, переживать. Я словно бы умер.

Прижавшись к дальней от озера стене пещеры, я с чувством случайного очевидца наблюдал за происходящим. Зрелище моей наступающей неминуемой смерти завораживало.

На глазах словно бы ножом срезало половину скалы. Она сходила, с грохотом опускалась в воду, как легендарная Атлантида, унося с собой бездыханное тело обезумевшего старика.

Замкнутое только что пространство теперь открывалось. И если секунду назад я стоял внутри темной пещеры, то теперь оказался на площадке перед тихой озерной бухтой, залитой утренним солнцем.

«Все?! Я жив? Не может быть...» — эта мысль поразила меня.

И я не сразу понял, что эта тишина и этот покой обманчивы. Сходя в воду, скала пустила гигантскую волну, которая незаметно достигла противоположной стороны бухты и ударилась о расположенную там горную гряду.

Теперь она возвращалась обратно — огромная, высокая, дикая, несущая с собой сотни камней разной величины и формы. Я оказался в положении букашки, попавшей случайно в шейкер для приготовления коктейля со льдом.

Не знаю зачем, я выступил вперед, выставил перед собой руки и оттопырил ладони так, словно бы уперся ими в стену. Между мной и набегавшей волной возникла какая-то связь. Я ее чувствовал, я влиял на нее!

Мы сошлись, словно в поединке. Сила на силу и воля на волю. Я сдерживал движение воды, давление нарастало с каждой секундой. И вот она, не имея возможности двигаться дальше, начала вставать на дыбы.

Массы воды поднимались вверх, выше и выше, превращая все пространство передо мной в экран невиданных размеров. Через несколько мгновений он закрыл от меня небо и в нем, как в линзе, отразилось солнце.

Яркий свет ослепил меня, я зажмурился. Еще никогда в жизни мои глаза не видели такого сильного, такого мощного света — в тысячу солнц!

Сколько я могу это выдержать? Я должен был, наверное, испытывать ужас. Но нет, я даже улыбнулся, подумав, что мне отведена роль Атланта, державшего когда-то античный Небесный Свод.

— *Так и есть, Данила. Открой глаза!* — со мной говорил голос из другого мира.

Он словно бы окружил меня со всех сторон. Я был не в силах ему противиться. Когда я открыл глаза, моему взору предстала самая величественная из когда-либо виденных мною картин.

Прямо передо мной в абсолютной бесконечности вращался невероятных размеров горизонтальный диск света. Он состоял из двух параллельных, закрученных друг в друга спиралей. Одна, двигаясь по часовой стрелке, несла свой свет внутрь диска, к его центру. Другая, напротив, двигалась против часовой стрелки и выводила свет во внешнее пространство.

Это зрелище производило гипнотическое действие. Я продолжал держать волну, но мне хотелось шагнуть вперед, войти внутрь этой картины.

— *У тебя мало времени, Данила!* — я снова услышал тот же голос. — *Пока у тебя есть силы, ты можешь задать Мне свои вопросы.*

— Кто ты? — прошептал я.

— *Источник Света,* — ответил голос.

— А кто я? Я Избранник?

— *Ты тот, кто преодолел все препятствия, дошел до конца и потому можешь теперь говорить со Мной.*

— Почему я?!

— *Ты шел, и ты делал,* — голос рассмеялся.

— Что такое Скрижали?

— *Это Заветы, которые были созданы Мною в Начале Времен,* — ответил Источник Света.

— А что такое Начало Времен?

— *Ты видишь перед собой диск. Но это иллюзия. В действительности есть лишь движение Света. Я, Источник Света, начал это движение. Это и стало Началом Времен.*

— Правду ли говорят, что грядет Конец Времен? — мой голос непроизвольно задрожал.

— *Я начал движение Света, чтобы заменить Им Тьму. Тьма — это просто материя, то, что можно воспринимать. Она масса, которая не имеет своей Силы, но Она есть. И Я пропустил через нее Свет. Сначала Частицы Света преобразовывали Тьму — они входили в Нее и возвращались обратно, увеличивая Царство Света.*

— Я не понимаю. Что такое Частицы Света? Что такое Тьма?

— *Частицы Света, Данила, это души людей и твоя душа. Мир, в котором они живут, их тела и даже мысли — все это Тьма. Но они могут превращать Ее в Свет. В этом предназначение каждого человека.*

— И что случилось?!

— *Люди испугались возвращаться ко Мне, оставлять то, что они приобрели в мире. Они испугались смерти, Данила. Тьма стала их ценностью, Тьма стала их прибежищем. И тогда Она обрела Силу. Но это не Ее Сила, это Сила людей, которые боятся смерти и цепляются за то, что они называют жизнью. Теперь они служат Тьме. Люди предали Замысел о Царствии Света.*

— Началась война Света и Тьмы?

— *Ты можешь сказать и так.*

— И чем она кончится?! Ты знаешь?

— *Данила, если бы будущее было известно, то движение было бы невозможно, а потому не было бы и Меня — Источника Света. Поэтому Я не знаю будущего Моего Замысла. Части-*

цы Света отделены от Меня, им предоставлена свобода. Как они распорядятся ею, чью природу они будут взращивать в своих сердцах — Мою или Тьмы, я не знаю. Пока они отдают предпочтение Тьме.

— А если победит Тьма?! — я вдруг понял, что это возможно.

— *Я уйду.*

— Но что, что это значит?!

— *Подумай сам — что станется с Частицами Света, если уйдет Источник Света? Помни, Данила, у Тьмы нет Силы, Она — лишь отражение. Она обманчива. Кто присягает Тьме, тот присягает своей погибели, потому что Ей нельзя присягнуть. Она не соперник Мне, Она — то, что не имеет значения. Я — Единственное, что Есть, все во Мне, и Я во всем.*

— Но люди?! Что с ними?! Как им помочь?!

— *Они должны понять то, о чем Я сейчас говорю с тобой. Но они должны видеть это не взором, не мыслью, не чувством, а своим Светом. Покуда же они поражены страхом, Свет их не может видеть. Страх смерти скрыт в каждом мгновении человеческой жизни. Вы даже не понимаете, сколько его в ваших душах. Вы стяжаете и вы ненасытны, а значит — боитесь. Вы знаете, что потеряете, и не хотите терять, а потому боитесь вдвойне.*

— Неужели же нет выхода?! — я был в отчаянии.

— Я оставил Скрижали — законы преодоления страха смерти. Если люди избавятся от страха смерти, то Тьма потеряет Силу. Свет преобразует Тьму, и наступит Царство Света. Тогда не станет страдания, и Радость наполнит Мир.

При этих словах Источника Света я вдруг почувствовал, что силы мои ослабевают. Мне становилось все труднее и труднее держать надвигавшуюся волну.

— Я устаю, Источник Света! Я устаю!

— *Не трать время даром, спрашивай!*

— Где сейчас Скрижали?

— *Тьма поглотила Их.*

— И что теперь?

— *Тьма наступает.*

Тут волна сдвинулась с места и потеснила меня.

— Могу ли я что-то еще сделать?!

— *Да,* — Источник Света стал звучать тише.

— Что?!

— *Найди Скрижали, открой их людям.*

Давление волны нарастало, я отступил и стиснул зубы.

— Где их искать?!

— *Тьма спрятала Скрижали в семи Частицах...* — голос терялся.

Волна рывком отбросила меня еще дальше, я удерживался из последних сил, выгибаясь всем телом.

— Как мне найти Их?!!

— *Ищи...*

Я не расслышал окончания фразы. Волна вырвала меня из почвы, подняла вверх, пронесла на своем гребне и выбросила на берег.

Вот и все.

*Рассветное солнце раздвинуло тучи
и залило светом просыпающийся город.
Данила посмотрел на меня своими синими глазами,
улыбнулся и произнес, показывая рукой:
«Где-то здесь, а может быть,
и на другом краю земли
сейчас просыпается или ложится спать человек,
который, сам не зная того,
хранит в себе одну из семи Скрижалей Завета.
Так что мы или найдем их, или...»*

ЭПИЛОГ

Я хотел рассказать Даниле о себе и о своих снах. Объяснить ему, как и зачем я оказался в Москве. В ответ на это Данила улыбнулся и обратился ко мне на испанском языке:

— Не бойся, благословенная мать благословенного отрока! Твой сын сослужит Мне великую службу! Он будет служить тому, кому дам Я заветы Моего спасения!

Мне казалось, я слышал где-то эти слова. Но где?! Потребовалось несколько секунд, чтобы я пришел в себя и вспомнил. Это слова моей матери! Это часть ее сна, которую она рассказала мне перед отъездом.

— Данила, откуда ты это знаешь? — я был ошарашен.

— Я не услышал конца последней фразы в разговоре с Источником Света. Но теперь я понимаю, о чем Он хотел сказать. С тех пор эпизодами я воспринимаю то, что слышат, видят и ощущают другие люди. Сначала я испугался, но потом понял, что это не случайные впечатления.

Несколько дней назад я увидел пустыню под проливным дождем. Потом старика и женщину на пороге дома. Аэропорт, авиабилет с датой и номером рейса. Как ты теперь понимаешь, я пошел встречать этот рейс и встретил тебя.

Мне надо было сразу же тебе обо всем рассказать, и я рассказал. Не знаю, как тебе кажется, но я думаю, что у нас с тобой одна миссия, одно дело. Нам нужно найти тех людей, в которых спрятаны украденные Скрижали. Я думаю, что нужны все семь, не случайно они спрятаны в разных людях. Ну?

— Что? — удивился я.

— Как ты думаешь? — рассмеялся Данила. — Это предложение!

— Будем искать, — серьезно и деловито ответил я.

Думаю, мой ответ выглядел комичным. Данила смеялся своим неповторимым заразительным смехом.

— Задача непростая, — Данила продолжал улыбаться, забавляясь моей реакцией. — Все, что у нас есть, это голая теория. И плюс мои ощущения, которые ощущают другие люди. Я думаю, что это ощущения тех семерых, которых мы ищем. Сразу предупреждаю: появление этих ощущений я не могу контролировать. Поэтому сколько есть, столько есть. Так что задачка, прямо скажем... А информации — дефицит. Но есть и еще один способ.

— Какой?

— Источник Света говорил мне, что Тьма — лишь отражение, а вот Он — Есть, и Он есть во всем. Мы живем в мире, который создал информационные технологии. Да, он использует их, разрушая самого себя. Но Свет есть во всем, Его нужно лишь различить. Мы воспользуемся технологиями этого мира. Ты напишешь книгу.

— Я напишу книгу?!

— Да, Анхель де Куатьэ напишет книгу, и не одну. Ты будешь записывать все, что случится с нами. Я не питаю иллюзий, и надежда невелика, но вдруг эту книгу прочтет кто-то, кто может помочь нам в поисках Скрижалей? Быть может, она попадется в руки тому, в ком Тьма спрятала одну из них. Поскольку в этом мире нет случайных вещей, то это очень и очень возможно.

В любом случае, если мы найдем Скрижали и узнаем законы преодоления страха, отлучившего нас от Источника Света, нам нужно будет как-то рассказать об этом. Это знание необходимо каждому человеку. Мы должны научиться не бояться смерти, все должны научиться. Источник Света не останется здесь из-за одной или двух душ, мы должны объединяться и помогать друг другу. В этом каждый заинтересован лично.

Наш мир в опасности. Слеп тот, кто этого не понимает, и глуп тот, кто считает, что его спасут деньги, чувства и даже просто вера. Проблема нашего мира не в источниках энергии и не в научном прогрессе, не в экономике и не в политике, и даже не в падении культуры, а в том, что происходит с нами самими.

Ты напишешь книгу...

И я написал эту книгу. И я напишу вторую, потому что первая Скрижаль уже найдена. Напишу ли я третью?.. Найдем ли мы вторую Скрижаль?.. Этого я не знаю, потому что даже Источнику Света неизвестно будущее, даже Ему неизвестна Его Судьба.

АНХЕЛЬ ДЕ КУАТЬЭ
Схимник
Роман

Ответственный за выпуск
Е. Г. Измайлова
Редактор
О. С. Кофан
Верстка
А. Ю. Лапшина
Корректор
Л. Ю. Ткалич
Художник
М. Е. Орлюк

Подписано в печать 09.09.04
Формат 70x100 1/32 Гарнитура «Академическая»
Печать офсетная. Бумага офсетная
Усл. печ. л. 7,74 Уч. изд. л. 6,8
Доп. тираж 20000 экз. Изд. № 03-0557-И
Заказ № 2906
Издательский Дом «Нева»
199155, Санкт-Петербург, ул. Одоевского, 29

Отпечатано с готовых диапозитивов в
полиграфической фирме «КРАСНЫЙ ПРОЛЕТАРИЙ»
127473, Москва, Краснопролетарская, 16

Филиалы «ОЛМА-Пресс»

690034, Владивосток,
ул. Фадеева, 45 а, «Книжная база»
тел./факс (4232)23-74-87
E-mail:olma-vld@olma-press.ru

400131, Волгоград,
ул. Скосырева, 5
тел./факс (8442) 37-68-72
E-mail: olma-vol@vlink.ru

420108, Татарстан, Казань,
ул. Магистральная, 59/1
тел./факс (8432) 78-77-03
E-mail: olma-ksn@telebit.ru

610035, Киров,
Мелькомбинатовский пр-д, 8а, оф.12
тел./факс (8332) 57-11-22
olma-kirov@olma-press.ru

350051, Краснодар,
ул. Шоссе Нефтяников, 38
тел./факс (8612) 24-28-51
E-mail: olma-krd@mail.kuban.ru

660001, Красноярск,
ул.Копылова, 66
тел./факс (3912) 47-11-40
E-mail: olma-krk@ktk.ru

603074, Нижний Новгород,
ул. Совхозная,13
тел./факс (8312) 41-84-86
E-mail: olma_nnov@fromru.com

644047, Омск,
ул. 5-я Северная, 201
тел./факс (3812) 29-57-00
E-mail: olma-omk@omskcity.com

460000, Оренбург,
ул.Ленинская, 4а
тел./факс (3532) 77-81-58
E-mail:olma-oren@olma-press.ru

614064, Пермь,
ул. Чкалова, 7
тел./факс (3422) 68-78-90
E-mail: olma-prm@perm.ru

390000, Рязань,
ул. Полевая, 38
тел./факс (0912) 28-94-45, 28-94-46
E-mail: olma@post.rzn.ru

443023, Самара,
ул. Промышленности, 285
тел./факс (8462) 69-32-86
E-mail: olma-sam@samaramail.ru

196098, Санкт-Петербург,
ул. Кронштадтская, 11, офис15
тел./факс (812) 183-52-86
E-mail: olma-spb@olma-press.ru

450027, Уфа,
Индустриальное шоссе, 37
тел./факс (3472) 60-21-75
E-mail: olma-ufa@olma-press.ru